現代文學
20

雙鍵和鳴

龔濟民　方仁念　著

博客思出版社

兩情久長 朝朝暮暮

　　仁念、濟民要我為他們的新書寫序，我感到榮幸和高興。這本《雙鍵和鳴》譜出的樂音溫馨清美而又悠遠。他們伉儷情深，是彼此的知音。雙鍵齊下在電腦的鍵盤敲擊出一篇篇美文，也在心靈合奏出渾然融合為一的繞樑之音，情意深長。

　　他們倆都畢業於上海華東師範大學中文系，又都留校任教。濟民是中國作協會員，仁念是上海作協會員，他們很早就和寫作結下不解緣。一九八九年元旦來到美國，仁念曾在普林斯頓大學做訪問學者，而後兩人又同時任教羅格斯大學亞洲系，退休後至今定居於新澤西州。這本《雙鍵和鳴》不是他們第一次合作，之前曾共同完成學術著作《郭沫若年譜》和《郭沫若傳》。濟民的著作有詩集《望盡天涯路》，長篇小說《楓林晚》，散文集《隔不開的天空》等。仁念的著作有長篇小說《大洋彼岸的情種》、《與子偕行》、《日出江花紅》、《士林別傳》和散文集《彼岸風情》、《十字架下的春天》等。

　　仁念長久以來給我的印象是文秀委婉。她的小說、散文也都符合這個印象。但是閱讀《士林別傳》我觸及到她活潑慧黠的另一面。這篇諷世小說情節生動，人物凸顯，筆觸所到之處刻畫出另類儒林外史的人物，而又都能化尖刻為幽默，始終不失溫厚，引人入勝。

　　這本《雙鍵和鳴》共有六章：少年怎識愁滋味/青

壯蹉跎老補台/款款親情多愛撫/良師益友助成才/萍水相逢益匪淺/邊遊四海邊抒懷。散文所寫都是現實生活，親情、友情、師生情，還有異國情緣。誠如他們自己所言，「把兒時的懵懂、青年的失落、中年的苦澀、壯年的頓悟，直至老來的煥發，一一呈現於屏幕。」兩位作者各具一種風格，卻都充滿感染力。海外生活的環境影響他們的心境，行過險灘，漸入佳境，遼闊自在恬澹，轉化成文字，筆下流露的是：一個豁達開闊，無入而不自得；一個筆意深遠情致綿綿，使人覺得筆外尚有所欲言。兩人都達到景語情語相交融。

　　我有幸為他們寫序，因而能先睹為快。真是非常快樂。最後，我引用幾小段書中的文字作為結束。

　　我最喜歡夏天放學早，俗話說「熱天養牛一口塘」，牛兒喜歡安靜，清風徐徐，就放心地讓牠在池塘邊飲水、啃青草，我跟玩伴們便跳進池子裏打水仗。每每待到夕陽西下，「當歸去，人牛不見，正是月明時」，媽媽看到這麼晚了不放心已經迎到半路上，到了家裏不免挨爸爸訓斥一頓。（龔濟民）

　　婚後，由於丈夫是工農家庭出身，妻子是資產階級知識份子家庭出身，後者便被當作一帖「腐蝕劑」，他倆不得不經常分離。於是新婚才幾個月，她就被下放到高校農場養豬，一個月四天休假方可鵲橋相會。做丈夫的實在耐不住清冷，有時週末就坐上兩小時長途汽車，再步行一小時，帶上幾個饅頭，偷偷來到養豬場相會親

熱親熱。（方仁念）

　　十年前馬可搬家去外地了，那天他們全家向我們辭行，彼此依依不捨，我們捧著小馬可的臉蛋親了又親。正是「相送情無限，離別自堪悲」。從此每次下雪或聽到擬物鳥叫，我們都會想到馬可，即使平時路過他們原來的家門前，也總會情不自禁地望一眼，「無論去與住，俱是夢中人」。（龔濟民）

　　我這個屬老虎的一輩子跟豬特別有緣，嫁了一個屬豬的先生，害得婆婆擔心半天，怕豬寶寶被雌老虎一口吃掉，幸好兩人恩恩愛愛過了五十多年。（方仁念）

　　八十年代作為訪問學者赴美。一次與幾個朋友一起去逛大西洋賭城，據說去賭城開眼界的人，沒一個不輸錢，可是他們都笑我「鐵母雞硬是生了個大鴨蛋」。原來在賭場兌換的十五元禮金，我將車錢和小費除掉以後，餘下兩元五毛，拉了幾次「吃角子老虎」，把它們花完為止，輸贏等於零，然後就坐在沙發上，一口氣看了半本書。我並非有毅力控制自己不賭，也不是小氣，實在是書本對我的吸引力遠遠超過了一切。（方仁念）

　　王渝
　　寫於紐約，二〇一四年十月八日

目錄 CONTENTS

第三章　款款親情多愛撫

第四章　良師益友助成才

第五章 萍水相逢益匪淺

第六章 邊遊四海邊抒懷

第一章 少年怎識愁滋味

少年不一定是甜蜜的，卻一定是難忘的。
有情無情的浪濤似巨鑿，雕塑著青澀的海灣，
神工長存。

夜伴同窗守瓜田

西瓜又上市了，一見到這被譽為盛夏之王的消暑佳品，就會回憶起兒時夜間伴私塾同窗守瓜田的往事，這遠比吃西瓜更有味道。

遠隔重洋年歲又已坐七望八的我，恐怕故鄉是再也回不得的了，當初邀我同守瓜田的文藻兄亦不知尚健在否？他小小年紀就是個孝子，每年他家種西瓜，為了照顧雙親，夜間守瓜田的事都由他包了，即使白天上私塾，夜裡也照樣是他值班。我和他是同窗好友，他比我大兩歲，農忙季節私塾放假期間，他會徵得我父母同意邀我一同守瓜田，我自然求之不得，拿了一條被單、一把蚊甩子就跟他一起去瓜棚了。

瓜棚搭在靠路邊最顯眼的地方，一眼就可看遍兩畝瓜田的各個角落，有什麼動靜很容易察覺。棚係用木桿和粗毛竹支的架子，裡面擱上兩扇門板既當床又當長板凳，坐或臥均可。頂是用稻草蓋的，四周掛著草簾子，大半時間都是捲起來的。

夜間繁星點點，微風習習，蟲聲唧唧，我和文藻喜歡半躺半坐，兩人相對聊天。討厭的是蚊蟲和蠓子飛來飛去，常會乘機咬人，因此不得不用蚊甩子甩來甩去。蚊甩子是用曬乾的多餘的秧苗紮在木棒上的，一股清香味十分好聞。

無聊的時候就看月亮，數星星。偶然頭頂上飛過一

架飛機，我們會異常興奮，看著一閃一閃的綠燈，聽著嗡嗡作響的聲音，浮想聯翩，出於好奇不免猜這猜那。飛機上到底能坐幾個人？我說兩個，文藻說三個，第二天去問村上公認的權威曹大叔，他說一個，因為他曾親眼看到過一架被擊落的日本鬼子的飛機，上面就只有一個人。別無選擇，於是幼稚無知的我倆都聽信了他的話。

　　如果肚子餓或口渴了，就去摘個瓜吃。我最喜歡鄉親們所說的棒瓜，形狀像橄欖球似的，但到今天我還不知道它的真實學名，現在所謂的棒瓜乃是佛手瓜，跟這完全是不相干的兩種瓜。這種瓜的皮薄得像厚紙，瓜瓤是橙黃色的，多汁，每挖一勺就會滲出許多汁水。我與文藻分享一人半隻，吃完了留下瓜汁，兩人學大人敬酒樣，捧起像高腳碗似的瓜皮相互碰一下乾杯。文藻家瓜田裡以西瓜為主，此外還有黎瓜、香瓜（即黃金瓜）、奶奶瓜等，老人最喜歡吃奶奶瓜。

　　我們看守瓜田，主要不是為了防賊。我們家鄉和魯迅故鄉一樣，鄉親們一般都很憨厚樸實，就像閏土說的誰經過瓜田口渴了，摘個瓜吃是絕不算偷的，要防的是獾、刺蝟之類的小動物來糟蹋。

　　當然偶爾也會出現個把不良分子來偷瓜。記得是在一個沒有月亮的深夜裡，瓜田裡突然悉悉索索，被耳朵特別靈敏的文藻捕捉到了，趕快推醒正在打盹的我，他操起鋤頭、我拿了鐵叉，立刻奔過去，對方發覺後匆匆

挑著籮筐逃走了。次日文藻的父親知道了，給了我們一面銅鑼，叫我們如果再遇到這樣的事就敲鑼。

至於防獾、防刺蝟之類的小動物，那就更得細心了，牠們幾乎是悄無聲息地闖進來的，很難察覺。獾的破壞性特大，牠的食性很雜，葷素咸宜，既吃益蟲蚯蚓以及青蛙，又吃玉米、花生、豆和各種各樣的瓜。一次悄悄侵襲我們的瓜田，等我們發覺趕過去，牠已啃破了兩個黎瓜、兩個奶奶瓜和一個西瓜，這說明牠喜歡這也嚐嚐那也嚐嚐，不是堅持吃完一個再吃其他的。牠很伶俐，看見我們便猛地向我們奔來，我以為要咬我們，其實是牠狡詐的竄逃術，根本抓不到牠。

獾的爪子十分尖利，善刨土打洞，牠把家安置在河岸、田頭和墳墓的深洞裡，休想挖洞捕捉牠，因為洞深似乎無盡頭。沒想到牠也有失算的時候，竟栽在我們這兩個毛頭小夥子手裡。

一天晚上我們剛去瓜棚，天才黑下來，文藻遠遠看到一隻獾東張西望向我們瓜田竄過來，大概餓久了有點迫不及待，就著一個棒瓜拼命啃食。文藻示意有敵情，我們便操起傢伙神不知鬼不覺地突然出現在牠背後，先是文藻狠狠一鋤頭，接著我使盡全身力氣將鐵叉戳過去，只見獾仰在地上腳動了幾下，終於一命嗚呼。我這才看清牠的真面貌：小眼睛、尖鼻子，頸子既粗又短，四隻腳既短又細，樣子有點像豬，極其難看，全身長有棕灰色的毛，確如閏土所說是油一般的滑。

　　這個消息驚動了我們兩家。文藻的父親更是樂不可支，連夜把這隻二十來斤的獾倒掛在柱子上，先剝皮再開膛，分了一半肉給我家。他笑瞇瞇地對我們說：「明年是爺爺八十大壽，希望你們能再逮到一頭獾，那就可以給爺爺做一件皮襖了！」

　　第二天我媽媽煮了一鍋紅燒獾肉，左鄰右舍都送了。我吃得津津有味，覺得獾肉比豬肉細嫩鮮美。餘下的肉，媽媽抹了鹽，說是慢慢吃。

　　瓜棚趣事何其多，我的濃濃的鄉情就是由瓜棚裡的瓜汁和趣事釀成的，至今仍令我陶醉，只是鄉情早已變成鄉愁。借用詩人余光中的兩句詩：「而現在/鄉愁是一灣淺淺的海灘/我在這頭/大陸在那頭」。可對我來說，而今鄉愁卻是一灣長長的海岸，我在這頭，故鄉在那頭！

2014年7月2日

西子湖畔的蓮

我出生在上海，在出生地求學又工作，以美國習慣來說我該是一個道地的上海人。然而我一直自稱杭州人，幾十年來我魂牽夢繞著杭州，是因為西子湖畔的蓮花為我人生的畫板塗了一抹絢麗的色彩。

一九三九年初我才呱呱墮地，抗戰的烽火早已捲走了我的父親，而勝利的煙火只還給了我們一個破碎的家。爺爺從昆明回到上海，接著就把小孫女我帶到他的故鄉杭州。他這位杭州市著名的中學校長，當初為了逃避給日本人當差，不得不逃遁外地，勝利後又折回杭州繼續他的隱退生涯。

我們借住的人家後門就傍著西子湖，我天天有一段時間赤著腳在這兒戲水、抓蝦、看魚，盼著蓮花早點兒開放。終於一天早晨，我看到在滾動著水珠的荷葉旁，一朵花蕾正舒徐地展開花瓣，就像剛睡醒的嬰兒從襁褓中露出了粉紅的微笑。幾乎同時，湖面上似乎掠過一道閃光，我突然發現，到處都是綻放的蓮花，紅白相間，晶瑩剔透。

以後的幾個月中，一切的樂趣都是由蓮花帶來的。隔壁的姐姐帶我下湖划船去採蓮子，後來又撈菱角。採蓮子時適逢一場陣雨，大姐姐忙摘下荷葉抖掉上面的水珠，叫我頂在頭上當帽子。而我哪顧得上遮雨，只是急著剝下蓮心塞到嘴裡，咬了一口又趕緊吐了出來，原來

自己採的一點也不好吃，又苦又澀，完全不像我們在巷子裡買的那樣：一個荷包裡雖然只有二十來顆蓮心，卻顆顆又嫩又甜，充滿了汁水。於是不久我便發現划船去採摘，最大的樂趣無非在於尋找，若是真要讓嘴巴得到享受，最好還是待在家裡，因為巷子裡會不時傳來吆喝和竹板的敲打聲，而我早已學會了識別賣蓮心、糯米蒸藕和藕粉栗子的不同的敲打聲。

其實最好吃的點心，並非是從小攤販那兒買來的，而是隔壁阿婆送來的：她的冰鎮藕片，其清脆爽口真可以使一顆燥熱的心即刻平靜下來；她的百合蓮心湯甜而不膩，那種柔滑的清香沁人心脾。而且她每次送點心來的時候，總是連聲對爺爺說：「老校長啊，你在這裡住的時間不長，多吃點我做的點心吧！」再加上來看望爺爺的客人也總是手提點心，什麼綠豆糕、荸薺糕、桂花酥等，以致在我幼小的心靈裡，就把校長和點心連在一起。

有一次我忍不住，便問爺爺：「爺爺，你以前當校長就有這麼多人尊重你，給你送點心，為什麼現在不再去做校長呢？」只見爺爺笑著對我說：「你忘了爺爺叫你背的《愛蓮說》啦？蓮花出污泥卻全身是寶。一個人不論他外表怎樣，做什麼事情，他都可以對人有用，就像蓮花、荷葉、蓮蓬、蓮子、蓮藕。我現在就是埋在泥裡的藕節，可照樣對人有用。我以前的學生現在當校長，做得很好，他正像蓮花，我為他高興還來不及，為

什麼要代替他去做校長呢？」

　　和爺爺一起住在西子湖畔的日子，雖然不過幾個月，卻留下了童年時代最美好的回憶。爺爺教我怎樣愛神、愛人和被愛，怎樣做人和做事。在以後的人生歷程中，我雖也有過迷惘和失落，但每當想起西子湖畔的蓮花，眼前便似閃過一道粉紅的光芒，我就又擦乾眼淚，重整衣衫，朝著這光芒走去。

2014年7月15日

圍燈升起的時候

置身海外廿多載早就入鄉隨俗，已將陽曆年當陰曆年過，然而心裡依舊懷念那帶有濃濃鄉味的春節和元宵，畢竟此間聖誕、元旦的彩燈難以替代故鄉春節、元宵的燈火，正是「月兒總是故鄉圓，燈火總是故鄉美」。時令又接近春節和元宵了，詩云「有燈無月不娛人，有月無燈不是春」，想來家鄉野曹莊最大的打穀場中央又已豎起圍燈桿，在明媚的月光下迎接一年一度的佳節了。

在我的故鄉，不管那個村子都極其重視圍燈。所謂圍燈，就是在一根特大的木桿周遭，懸掛著許多用結實的粗毛竹片做成的環狀竹圈，彼此相互連接並保持等距離，上面可掛燈籠，可同時升起同時降下，竹圈的數目按全村戶數定，一般每戶掛一盞燈籠。我們村連同河南和河北有上百戶人家，該算是大村了，圍燈圈數自然特別多。燈桿越粗越高、燈籠越多、裡面點的蠟燭燃的時間越長，以致「縟彩遙分地，繁光遠綴天」，就越能向四周的村子顯示富貴氣，村上人自然也就覺得體面。

春節期間家家戶戶都會點著燈籠迎財神，門前掛燈籠則是慶元宵節上燈的日子，從正月十五開始到十八結束。元宵連著熱鬧四天，孩子們都期盼傍晚快點到來，大人一手拎著燈籠一手攙著孩子，孩子則手提荷花燈或蛤蟆燈或金魚燈，或牽著兔子燈，反正每個孩子不分男女都會帶著自己的燈去打穀場聚會，即所謂「燈樹千光

照，明月逐人來」，「誰家見月能閒坐，何處聞燈不看來」。

正月十五是一年中第一個月圓之夜，月兒特別圓、特別亮，一家家按時趕來將燈籠掛上圍燈圈，待掛齊後就馬上由專門負責圍燈操作的人升到高空去，像天燈似的，以示祈福、保平安。一時間燈火與明月交相輝映，夜空顯得更燦爛，廣場上也如同白晝，只見孩子們的各種各樣的燈晃來晃去，大人們都圍在一旁觀看。

在此期間，鄰近的村子都會組織彩燈演出隊，走東村跑西村去表演一番。我們村以舞龍燈為首，伴有舞獅隊，表演時先是龍燈出場，舞了幾圈獅子隊突然撲上來，於是一會兒龍戲獅子、一會兒獅子逗龍，熱鬧非凡。他們出發去鄰村表演時，大家放鞭炮歡送到村前，也有一些孩子跟著去湊熱鬧，我卻按兵不動等候觀看鄰村的燈隊來表演。果然「飛瓊結伴試燈來」，王家莊划旱船燈隊來了，我們可以「元宵爭看採蓮船」了。

划船的姑娘美如天仙，身邊左右幫腔的姑娘也很漂亮。船自然不是真船，而是以竹子和木片紮成船頭和船尾，上面蒙著彩色的布，繫在划船姑娘腰間的前面和後面。姑娘一會兒作划船狀、一會兒作採蓮狀，划的時候實際上是在往前跑，同時口中唱著地方小調，我聽到的是「正月裡來是新春，家家戶戶點紅燈。新春多福家家樂，紅燈多掛戶戶豐。人壽年豐好世道，時和世泰喜相逢……」唱的時候，身邊的姑娘們會配合歌詞做出各種

各樣的動作，而且唱完末句會與划船姑娘齊聲再複唱最後一句，表情十分可愛。

此外，猶記得錢家莊來的是舞獅隊，趙家莊來的是踩高蹺隊，孫家莊來的也是划旱船隊。每隊一路走過來前面都有鑼鼓開道，而且不斷燃放一種叫「高升」的大爆竹，既是壯行又是照會要去的村子。觀看燈隊表演該是圍燈最亮的時候，待到兩三個燈隊表演結束，圍燈上燈籠裡的蠟燭差不多已燃完，一盞盞相繼熄滅，這一天的燈會也就得收場了。於是大人們又紛紛招呼自家的孩子，一個個踏著依依不捨的步伐盡興而歸，每每我在睡夢中還會繼續跟小夥伴們嬉鬧呢。

清朝詩人邱逢甲有句云「明月多應在故鄉」，是的，不過我還要添加一句：「燈火更是故鄉艷」，元宵節明月總是伴著燈火的。而今身在異國他鄉，「欲向海天尋月去」，只能「五更飛夢渡鯤洋」了！

2013年2月12日

春節送麒麟

小時候家在揚州附近的農村裡，每逢春節特別熱鬧，從年初一到年初三都會有送麒麟上門，走東村串西村挨家挨戶唱個不停。我們這些小孩子最喜歡趕熱鬧，總是跟在他們後面一家一家跑。

所謂送麒麟，就是由五、六個人組成的一個鑼鼓隊，其中四人分掌大鑼、小鑼，執大鈸、小鈸，一人敲鼓，餘下的一人則手托大木盆，肩上搭著個大布袋，專門負責收紅包和餽贈；掌大鑼的領唱，唱完四句，鑼鼓過門後眾人重複合唱最後一句。唱詞有的採用歷年唱過的老詞，更多的則是根據現場所見所聞由掌大鑼者即興編的。

麒麟原是傳說中的一種動物，係神騎坐的獸，俗稱仁獸、瑞獸，雄性稱麒，雌性稱麟。人們總以麒麟象徵吉祥，民間向來以麒麟送子為大吉大利。這兒所說的送麒麟，只是借麒麟的吉祥這個好口彩以唱頌詩的娛樂形式，上門討賞、求施捨。平時所說麒麟，當指麒麟送子。春節送麒麟，倘若所到人家確有孕婦或該戶急盼添丁，那也就得順理成章唱麒麟送子的詞了。記得他們遇到這樣的人家是這樣唱的：

正月裡來是新春，麒麟送子喜臨門。

恭喜府上人丁旺，多福多壽多子孫。

一般每戶都得唱三、四段，如果主人封了紅包給他

們，那就還得加唱幾段；如果只贈之以饅頭、包子或花生、蠶豆之類的東西，那就道謝後作罷，另走他家。新到的是平常人家，唱詞往往是：

向陽門第春常在，恭喜府上發大財。

五穀豐登打穀場，年年有餘樂開懷。

我們村子前頭有家豆腐店，既賣豆腐、百葉之類的豆製品，又代本村和鄰村的鄉親代磨代做豆製品，每次過年是送麒麟的必去之地。記得他們唱的有這樣的詞：

鑼鼓響到豆腐店，豆腐百葉樣樣全。

自製自賣又代做，方圓十里一磨牽。

我們村子後頭有家磨坊，養著一頭驢子，備有大石磨和小石磨，一年四季專門為本村和鄰村的鄉親們磨大麥、小麥、糯米、小米等穀物，磨出來的無論麵粉抑或米粉，都非常細膩、白淨，因而生意很興隆。每次送麒麟登門，磨坊主人必定會送很多饅頭、包子和年糕給他們。他們唱得特別起勁，起碼會連著唱六、七段。

待到在整個村子都走了一遭，時間已經很晚了，只見送麒麟的一個個都拖著勞累的身子有氣無力地遠去，我們還真依依不捨。他們都是窮苦人，說白了他們之所以結隊出來送麒麟，無非為生活所迫借春節之際討點吃的，真正給紅包的人家極少。然而他們卻很受鄉親們歡迎，為節日增添了娛樂節目和氣氛。而今我已是個日薄西山的老人，卻依然忘不了兒時家鄉過年的這一習俗，不知今天還傳承著否？

2013年2月10日

外婆橋的故事

　　小時候最愛唱的一支歌，就是《搖啊搖，搖到外婆橋》，因為我心中也有一座外婆橋。外婆和外公住的村子離我們村只有兩三里路，他們村子前面有一條大河，一座大橋橫跨兩岸，河面很寬，橋很長，兩邊沒有欄杆。橋下流水很急，清澈可見魚蝦，橋墩下可停船。這座橋沒有名字，我就叫它外婆橋，外公、外婆對我咧嘴笑笑不置可否，其實是默認了。

　　我和媽媽常留在外婆家過夜。鄉下人睡得早，晚飯後不久就上床了，外公每次都自覺地搬到灶間的小床上去睡，讓媽媽和我跟外婆一起睡在大床上。我喜歡夾在外婆和媽媽中間，聽他們拉家常、講傳聞，大都跟外婆橋有關，我豎起小耳朵聽得很起勁。其中至今還讓我記憶猶新的，當數麥青孃孃化鱉復仇的故事。

　　麥青孃孃是外婆村一個大戶人家的千金，家中有六、七十畝地，父親早已去世，全家只有祖母、母親和她三人，另外僱有一個管家和兩個長工。我第一次看到她時她好像還不到二十歲，沒有嫁人。她與祖母和母親這三代女人待人都十分和善，農忙期間村上人都樂意去她家幫忙做短工，待遇不薄。平日村上窮人求貸，她家絕不會拒絕。

　　某年秋後的一天黃昏時分，有兩隻大木船停在外婆橋橋墩下，十七、八條漢子箭步跳上岸，有的拿著土

槍，有的拿著大棒，直衝村南麥青孃孃家，二話沒說即上演打、砸、搶全武行。女眷們怎招架得住，只得乖乖地把金銀財寶悉數交出，匪徒們又整籮整筐地將剛收進來的新穀挑上船，最後還把麥青孃孃帶走了。村上人見勢不妙，家家戶戶都嚇得把大門關得緊緊的。

事後才知道，這幫匪徒來自金家廈。金家廈是個野村子，既無村莊相鄰更不靠鎮，周遭是野墳荒灘，誰也不敢過去，因為那裡住著一窩土匪，為首的叫金大棒，此人殘酷無比，大棒下有幾條人命。時值抗戰期間，日本鬼子倒沒來掃蕩過，只有新四軍與汪偽和平軍常有小摩擦，但也不會來這塊地。

麥青孃孃被搶去，自然是強迫她做壓寨夫人。麥青的媽媽和祖母曾託人去交涉，表示願傾家蕩產贖回麥青，金大棒卻說：「現在老子不缺錢花，缺的是黃花閨女。」結果麥青孃孃就硬被他「養」在窩裡了，行動失去自由，出門都有專人看守。

兩年後，麥青孃孃的祖母去世，母親也因過度憂愁而身體多病，家中全靠管家撐著。這年歲尾麥青孃孃突然回來了，說是那窩土匪已被新四軍收編，金大棒還當了個排長，但不能帶上她，叫她在家等他，有朝一日總有機會重聚。

麥青孃孃突獲解脫自然求之不得。眼下的她好像換了個人似的，不但面色鐵青、身體瘦削，而且往日的歡笑和開朗也全消失了，見人總是躲躲閃閃，背後不免被

指指戳戳遭人譏笑。她越來越遠離人群，以致由孤僻變成抑鬱，後來神經也失常了，夏天居然赤裸裸地站在門口對人傻笑，家人拖也拖不回去。

　　一天晚飯後，家人發現麥青孃孃沒回來，她母親趕快吩咐長工出去找，可是走遍村子都不見她的蹤影。有人說曾看見她在橋上徘徊，難道說她投河自盡了？她母親急得昏了過去。村人聞訊，一家家都點了燈籠，分頭在大河兩邊仔細搜尋，然而絲毫找不到頭緒。

　　十天過去了，一個月過去了，半年過去了，麥青孃孃就這麼不明不白地從人間蒸發了，不久她母親也奔赴黃泉。於是，各種各樣的猜測和傳聞紛紛出籠，最獲認可的是化鱉復仇說。

　　由於外婆橋橋墩下常出現鱉，有人用豬肝釣得一隻，破開肚子竟發現裡面有珍珠。此事一傳開，許多人都搶著去釣，釣回家的鱉有的居然肚子裡也有珍珠。人們只知道蚌殼內會有珍珠，卻從沒見過甲魚肚子裡也會有珍珠，真是天下奇聞！於是有人又想到麥青孃孃，平日她雙臂不是都戴有珍珠鐲嗎？但是誰也不敢也不忍心往下想、往下說了。

　　清明時節，新四軍與和平軍在附近打了一仗，速戰速決，新四軍大獲全勝，金大棒整排戰士也參加了這場戰鬥。當天隊伍就駐紮在鄰近的村子裡，金大棒帶了兩名弟兄特地趕來要與麥青孃孃幽會。聽說「夫人」已莫名其妙地離開人世，倒也流露出幾分悲情。又聽說外婆

橋下的鱉肚子裡有珍珠，便馬上想到麥青的屍體是被這些鱉吃掉了，媽拉巴子，這還了得？立即叫手下去抓鱉。

逮了兩隻老鱉回來，一隻有珠子，另一隻沒有，不管三七二十一，割了頭頸他就痛飲鱉血。然後燒了一鍋老鱉湯，又弄來一瓶燒酒和一把新拔來的芹菜，就鱉肉和芹菜下酒，倒也有滋有味。他發誓要把外婆橋下的鱉吃個精光，為麥青報仇。可他怎麼也沒想到，當夜他自己竟然鼻孔冒血昏了過去，還沒來得及送到部隊去就一命嗚呼了。

到底是誰為誰報仇，於是又有了新的傳聞：麥青孃孃為了報復金大棒強佔她為妻，毀了她和全家，便在外婆橋上跳河自盡，以清潔的身子化成老鱉，引誘仇人吃下她而暴斃。

隨著我的年齡不斷增長、知識日益豐富，完全能憑科學知識對這樁雙命案作出準確判斷，然而我寧願相信鄉親們的傳聞，卻無意追根究底。這也許就是民間傳說的魅力所在。

2013年3月17-18日

縷縷寂寞絲

失憶的悲哀在於過去成了一張空白的銀幕,哪怕幾個黑點、極模糊的影像,對失憶者來說也是那麼寶貴,為此寧願苦苦搜索。有記憶是上帝多大的恩賜,無論多麼冷清的一段人生旅程,也都會有縷縷寂寞絲,就像那掛在斷垣殘壁角落裡的蜘蛛絲,通過幾個集結點連成一張網,雨珠淋在上面,陽光一照,最灰暗的絲縷也會呈現彩虹的光澤。

童年記憶中從沒有父親的笑容,只有母親的滿臉淚珠;長我好幾歲的姐姐有她的鋼琴世界,後來又被送去寄宿學校。在母親外出上班的日子,家中只有寂寞的囡囡我。

開始有記憶的日子,就是跟外婆家頂樓水泥大曬臺連在一起的,最知心的伴侶就是小舅手中各式各樣的風箏。他起跑、放線,風箏乘風直上,擺脫高壓線的纏擾,遠離城市的喧囂,悠悠地祈與清風作伴,高高地盼與雲彩攀親……

小舅跟相差十幾歲的囡囡無話可說,他放他的風箏,囡做囡的白日夢:小白(白紙糊的瓦片風箏)遂願飄過大洋,掉落在陌生的街頭,她想去找爸爸,卻被骯髒的腳丫踩得遍體鱗傷……;阿花(花紙糊的蝴蝶風箏)躲在雲彩裡渡過大海,又隨雨滴降落在後院的花叢

中，她想去找爸爸，卻被一個小姑娘撿去送給她爸爸，原來這人也就是囡的父親，不知不覺淚流滿面。小舅搞不懂，小小年紀的囡囡為什麼看放風箏會落淚，便默默地擁抱了她一下，而她多麼希望這是爸爸的雙臂。

　　母親帶著囡囡又去跟大舅家同住。這裡有一個百花盛開的園子，有兩個表弟作伴，一起上學，一起玩耍，白日天天都是陽光燦爛。夜幕降下，燕子歸巢，小燕呢呢喃喃享受著父母餵的美食；表弟回到自己的房間，有媽媽陪伴做作業。這時的囡囡，只好一個人等媽媽回來。……來了，來了，不，這不是媽媽的腳步……蜷曲在小沙發坐墊當中，就像躺在媽媽的懷裡。

　　有一天母親帶來一件最好的禮物——一隻毛色黑白相間的小狗，囡囡給牠取名「寶貝」。白天囡囡、「寶貝」跟表弟一起瘋跑，晚上囡囡抱著「寶貝」說話，聲音驅逐了思念，驅散了寂寞，牠給她安全，使她溫暖。母親回家總看到囡囡抱著「寶貝」睡熟了。「寶貝」的身軀一天天長大，囡囡的個頭彷彿也大了起來。

　　大舅帶著全家要飛到臺灣去，媽媽去機場送別。囡囡跟著「寶貝」在車後飛奔、揮手，想多留住幾秒鐘的記憶。「寶貝」狂吠，塵土飛揚……

　　十幾天後「寶貝」失蹤了，找到牠的屍體時牠是坐在腿上的，眼睛都沒有閉，就像活著一樣。囡囡不相信大人說牠是被毒死的，「寶貝」一定是思念遠方的兩個

小朋友，相思難忍死去的。

　　花園房子有了新主人，母親帶囡囡住進公司的宿舍，沒有夥伴的日子要囡囡一個人走回家實在太遠，便安排她放學後去一家書店，在那兒消磨三個多小時，等母親下班的班車路過再捎她回家。

　　書店的一個角落，囡囡將書包墊在小屁股底下，無限驚喜地走進一個新的世界。神探福爾摩斯，《啼笑姻緣》中可憐的沈鳳喜，《悲慘世界》從小偷變成市長的冉阿讓，《飄》在美國南方土地上霸氣的霍思佳、白瑞德船長……居然都成為九、十歲孩子的好朋友。

　　灰暗的燈光，嘰嘰咕咕叫個不停的肚皮，坐麻木了的雙腿，在豐富的精神會餐前誰會在乎這些？班車的喇叭叫不醒如癡如醉的囡囡，每每要母親下車來拽著她上車，而她正微笑或哭喪著臉，依舊沉迷在書本的情境中，獨自欣賞著、猜想著故事的發展，等待明天來印證。

　　若干年後，在寂寞中長大的囡囡，遠離了夫君和兒子，在東海濱五七幹校的荒灘上勞動。半夜北風呼嘯掃過窩棚，油毛氈棚頂下的冰淩像打鼓似地落在僵硬的泥地上，這一切卻凍不住那顆火熱的心。她漸漸懂得：風箏、小狗、書本這些寂寞絲縷的集結點，從它們伸展開的一張網上，綴著對親情的嚮往，對友情的懷念，對文

學的酷愛。寂寞原來也是美麗的。想像的翅膀載她飛越了現實的苦難，擁抱親情、友情和愛情。

離開寂寞的淵源地，知天命的「囡囡」渡過大洋真的來到新大陸。她沒能遇見爸爸，卻找到了天父。憑藉想像的翅膀飛進了文學創作的天地，苦澀的苔蘚下冒出了涓涓不斷靈感的泉水，……風箏教她超脫塵世，不去跟電線糾纏；「寶貝」教她忠誠，為真情付出一切乃至生命；書本展開智慧的世界，勝過財寶。無需為縷縷寂寞絲而羞澀、苦惱，摩西丟下的樹枝已使苦水變甜。曾經的寂寞確確實實是美麗的！

2014年6月

我家那頭牛

　　總忘不了小時候在故鄉我家所養的那頭牛。那是上世紀三、四十年代，在蘇北的一個普通農村裡，住著上百戶人家，窮多富少。我家有二十七畝地，自然少不了要養一頭耕牛。

　　記得是秋後的一天，爸爸把我放在他的肩上，由兩位有經驗的鄉親陪同去趕集。牛市場上有十來頭牛供人選購，最吸引我的是跟在一頭黃牛屁股後面轉的小牛犢。大人們忙著挑牛，只見他們一會兒拍拍牛的胸脯，一會兒端詳牛的前後腿和屁股，悄悄說什麼「前看胸膛寬，後看屁股齊」、「前腿直如箭，快走不用鞭；後腿彎如弓，走路快如風」。這樣看了、拍了七、八頭牛，都搖搖頭。

　　他們終於跑到我身邊這頭有小牛犢跟著的老黃牛這兒來，經仔細檢查，還把手伸進牛的嘴巴裡摸了又摸、看了又看，說是從牙齒的形狀和顏色斷定這頭牛三歲，都覺得滿意，結果就選定了牠。可憐巴巴的小牛犢，眼睜睜地看著牠媽媽被人牽走了，急迫地向前邁了幾步，卻掙脫不了握在主人手中的韁繩。牛兒媽媽也不時回過頭去瞅小牛犢一眼，一副苦哈哈無可奈何的樣子。在回家的路上，爸爸讓我騎在牛背上，好在身邊有三個大人護持也就不怕了。

　　於是我白天上私塾讀書，早晚歡度牧童生涯。剛開

始時牛兒脾氣很犟，我百般善待，拿大木梳為牠輕輕梳毛，常常親熱地拍拍牠的臀部，「朝來暮往，久久見調柔」，它開始跟我親近起來。

我最喜歡夏天放學早，俗話說「熱天養牛一口塘」，牛兒喜歡安靜，清風徐徐，就放心地讓牠在池塘邊飲水、啃青草，我跟玩伴們便跳進池子裡打水仗。每每待到夕陽西下，「當歸去，人牛不見，正是月明時」，媽媽看到這麼晚了不放心已經迎到半路上，到了家裡不免挨爸爸訓斥一頓。

牛兒是辛苦的，鄉親們常說「一牛可代七人力」，我家的牛除了耕我家的地，爸媽還好心地允諾幫左鄰右舍三家耕地，不過他們各家都只有三、四畝地。不管哪家牽去，每次都很優待，既加餵精飼料又不讓牠太勞累，往往陪盡小心，連我也跟著享福，每家煮好吃的東西必給我送來一份。人家的牛「草繩牽鼻繫柴扉，殘喘無人問是非」，我家的牛好吃好喝臥牛棚。

我家的牛棚跟灶頭連在一起，冬天暖和得很，爸爸打掃得非常乾淨。牛兒也早已養成良好的習慣，小便都拉在固定的糞桶裡，即使濺出來也是在石槽裡面，大便總是早晨起來後拉在山牆旁邊，因而撿拾十分方便。

牛大便可是個寶，由於牛兒吃的是草，大便可撿來堆在一起，加水踩糊後一團團壓扁貼在山牆上，像披薩似的黃燦燦，還帶點草的香味，是極好的燃料，用來燉肉、煮雞鴨再方便不過了。

　　冬天我最喜歡倚在牛棚和灶頭交界處的柴堆上，一邊耳聽奶奶講故事，手剝剛在灶頭裡尚未燃盡的草灰上烤熟的花生或蠶豆，一邊看著牛兒津津有味地反芻，倒也是別樣的「相看兩不厭」。有時我會情不自禁地捧點豆餅送到牠嘴邊，有意思的是牠居然微微欠起身，像感謝我似的。

　　一個初冬的傍晚，我牽牛去河邊飲水後拴在山牆邊，就去找小夥伴們玩耍了。不一會媽媽跑來問我把牛牽到哪兒去了，這才知道出了大事。根據爸爸的判斷我家的牛絕不會隨便亂跑，一定是被人偷走了。左鄰右舍聞訊立即跑來一起分析，都認為情況不妙，便操起扁擔和麻繩，兵分兩路去抓賊。

　　結果我爸爸領頭往北走的一路盯上了賊，四對二準備大動干戈，還是爸爸寬容大度力主息事寧人，阻止了雙方動武，只要對方認錯道歉就算了。眼看著兩個賊灰溜溜地走了，三個叔叔呲牙咧嘴罵個不停。幸好保住了老牛，從此不得不倍加小心，因為老牛是大家的命。

　　據說牛的正常壽命可活到二十五歲，可是我們農村的耕牛一般只能活到六、七歲，我家的那頭活到八歲老死就算是奇跡了。眼見為我家貢獻了全部精力的老牛離開我們而去，爸媽十分難過，我更是哭個不停。一般牛死了都賣給牛肉鋪子，而我父母卻不忍心讓自己心愛的牛讓人吃掉，便跟左鄰右舍的叔叔嬸嬸們商量，最終決定在田頭全屍埋葬。

　　那天特地借來一輛大板車，幾個大人一同好不容易把牛抬上車，前拉後推地送到我家田頭新挖的大坑，底下墊滿稻草，放進去後又在牛身上鋪了用幾塊大蒲包拼成的蒲席，用土嚴嚴實實地蓋成饅頭狀的墳，這才依依不捨地回家。

　　哪知第二天早晨，有人告訴我爸媽說是牛墳被人掏空了，這還得了？於是馬上跟參與埋葬的幾位叔叔商量，估計是被人盜賣給牛肉鋪子了，大家便手拿扁擔、肩扛釘耙，直奔牛肉脯而去。是時牛肉脯老闆和兩個夥計正在剝牛皮，大家一看就知道這是我們家的牛。

　　爸爸問老闆是怎麼弄來的？他倒也老實，說是牛死了白白埋掉豈不可惜，不如讓我弄來還可賣幾個錢，我願意分給你一半。爸爸當然不依，叔叔們更是不饒，大聲斥責你真膽大包天，是誰同意你這樣做的？說著說著就舉起釘耙往案板砸去，老闆見勢不妙趕快跪下求饒。最終還是爸爸寬容，叫他找人把牛送回原地重新埋好，燒香燭跪拜了事。

2013年1月1日

第二章 青壯蹉跎老補臺

　　人生的秤失衡了，青年的奮發、壯年的
進取都沒留下份量。待到真光顯現，暮靄竟
成了朝霞！

大躍進下鄉辦學

在那所謂「一天等於二十年」的大躍進年代，各行各業都得徹底解放思想，人們處於瘋狂狀態。我們高等學校的師生為了大搞教育革命，都捲起鋪蓋去鄉下辦學。筆者所在的學校中文系師生，去的是上海郊區嘉定縣。我們班落腳在臨近徐行鎮的長浜村，同學們分住在倉庫之類的空屋內，男女生分開兩處，一日三餐由我們集體選出的生活委員負責，需要時就請女生幫廚，倒也十分自在。

時間安排是上午上課，飯後和晚上去田間跟農民一起勞動。上課就在倉庫前的打穀場上，學生一排排席地而坐，老師站在前面講解，以聽講為主，沒有教材。傷腦筋的是，教俄國文學和蘇聯文學，老師必須分析一些代表作，我們沒看過就聽不明白。雖然每種必備書從學校圖書館借了幾本帶來，但是我們全年級有六個班，每班只能分到一本，而全班有三十多人，怎麼辦？

於是輪流傳閱，每人限看兩小時，輪到的人在這段時間可以不參加勞動。糟糕的是，整個夜裡也得不停地輪流，半夜裡在睡夢中被叫醒的人，只能瞇瞇朦朧地勉強過目，那兒記得住書中的人物和情節？何況每人只能看兩小時，無論如何也沒法看完。為了調動學生學習的積極性，老師每講完一個單元就得組織學生討論，大家發言不免張冠李戴、牛頭不對馬嘴，反正彼此彼此，誰

也不怕見笑。

老師也真可憐，領導規定他們需與學生一起參加勞動，缺乏足夠的備課時間，如果講課質量不高，還得挨學生「炮轟」，日子很不好過。記得教蘇聯文學的是一位年輕女老師，曾去蘇聯留過學，衣著比較時髦，平日在學校裡相當浪漫，然而在當時的環境裡卻苦了她。

一次，也曾流過蘇的她的丈夫特地從北京飛到上海，再乘長途汽車趕到我們住地，就一天團聚時間，次日必須飛回京城。可是兩人必須分別睡到男女生宿舍中去，他們只能跑到幾個草堆中央比較隱蔽的地方，偷偷地擁抱接吻，至於想進一步親熱就無法滿足了。

有趣的是，當時正在推行從蘇聯搬來的「勞衛（勞動、衛國）制」體育訓練，我們這些大學生都得按規定的各項標準考核達標，作為體育課的成績，但在那樣簡陋的條件下實在艱難無比。比如跳遠，沒有沙坑，只是在空地上挖一個長方形的坑，塞些鍘碎的稻草和麥秸，既滑又硬，從遠處衝過去縱身跳躍，很容易傷筋骨，也難跳出成績來。為了全班的榮譽，負責測試的體育委員往往眼開眼閉放鬆標準，只求皆大歡喜。

勞衛制有個十分危險的項目，那就是小口徑步槍射擊。沒有打靶場，我們就在一個農家臨時搭起來放雜物的蘆葦棚裡，在壁上戳兩個洞，把步槍插進去，對著前面小河邊大樹上貼著的紙靶子射擊，很容易出事。

反正大躍進年代什麼都敢想敢說敢做，《紅旗歌

謠》不是說「舉得起天提得起地」嗎？明明許多人沒有打中靶子，結果也糊裡糊塗地都算達標通過了。我心中有數，三槍只有一槍打中，體育委員卻拍拍我的肩膀祝賀我達標了。那個年代，弄虛作假的事實在太多太多。

至於勞動，為了確保「畝產千斤糧」，必須深耕密植。不分白天和黑夜，我們都得舉起釘耙和鋤頭在大田裡拼命深耕，一層一層的生土被翻上表面，期間需不時拿標尺量一量，不到規定的深度絕不罷休。以致新表土都是缺乏養分的生土，再加之以密植，莊稼連透氣、照光都很難，怎麼能高產？為了滿足上面的要求，農民只得蒙混過關，當上面按照高產標準徵糧時，不得不拿口糧充數，真是有苦說不出。

人民公社成立後更熱鬧了，我們所在的長浜村屬徐行公社。「公社就是上天橋」，既然這是通向天堂的路和橋，那當然好得無比。於是大家真的過起共產主義幸福生活來了，最突出的就是去公社食堂吃飯不要錢，盡可放開肚皮吃。

我們這些學生也跟著進了食堂。子夜時分跟農民從田間勞動回來，可以直奔食堂吃夜宵，現炒的黃橙橙、油嘰嘰的蛋炒飯，吃了一碗又一碗，倘若不夠，雞蛋筐、油缸就在灶頭邊，誰都可以再炒，直到吃飽了撐著走。

記得那期間，為了彰顯教育革命成果，我們每個班都辦油印刊物，即用鐵筆在蠟紙上刻字，再用油墨印出

來，然後裝訂成冊。我們班刊物名叫「花果山」，意在
教育革命果實累累，所載文章都是同學們起早摸黑書寫
的散文、詩歌、評論，還收集了一些當地民歌民謠。後
來成為著名作家的戴厚英同學，她的處女作《春風萬里
糞花香》，寫她挑了糞桶走在田埂上的感想，這篇散文
就是在班刊上發表的，可惜斯人已逝，遺作長存！

　　每當回憶起那段時間的生活，不免感慨係之，真被
西方媒體說中了，那個所謂「一天等於二十年」的年
代，最終並沒有按毛澤東的設想讓中國向前大躍進二十
年，倒是實實在在的倒退了二十年，豈不悲哉！

2013年7月31日

憶崇明圍墾

正是春暖花開時節，上海的同窗好友隨信寄來他去崇明踏青的照片，讓我重又想起半個多世紀前參加崇明圍墾的往事，至今猶歷歷在目。

崇明是個不斷生長的島嶼，一九四九年面積只有六百多平方公里，而今已達一千二百多平方公里，足足增長了一倍，成為全世界最大的河口沖積島嶼。其增長之所以如此迅速，並非單靠泥沙自然沖積而成，很大一部份是由人有計劃、有組織圍墾出來的江海灘塗。

崇明島是屬於上海的郊縣，位於長江入海口，跟市區只有一江之隔。一九六〇年所謂的「三年自然災害」已開始，上海市為了解決糧食和蔬菜嚴重缺乏問題，再一次發起圍墾崇明的號召，提出「向大海要田，向荒灘要糧」。

其時我剛大學畢業留校任教師，當務之急不是上講臺，而是去崇明參加圍墾。我們的任務是攔洪搶地，即築江海大堤，至於墾荒造田，那是後來人的事。圍墾大隊兵分幾路，我們高教局屬下的師生，與黃浦區、吳淞區工人和店員負責崇明西北角新安沙這一段。

記得是十月下旬抵達崇明的。我們安置在前人築的大堤下邊，住的是蘆葦搭的窩棚，一個個排成行，看起來長長的一節連著一節，黃燦燦亮晶晶，真像「滾地龍」。

　　窩棚裡面有兩排臥鋪，也是用蘆葦鋪的，中間過道極其狹窄，夜間摸到門外去小解一不當心就會踩到室友的腳。倘若大雨滂沱那就糟了，夜間小解無法走出門外，只得用面盆代替便器。

　　每天清晨天還沒亮就起床了，每人腰間拴著一根草繩，草繩上串了一隻大搪瓷杯甩在背後，是喝水、吃飯用的。然後各人一根扁擔、兩隻泥筐挑上肩就走，有的還扛著鐵鍬，在一塊較大的空地上集合，排成一隊隊，炊事班抬來一桶桶粥，每人分得一勺，外加一點鹹菜，狼吞虎嚥完事後便趕快上路。

　　荒灘海塗難行，濕漉漉的到處都是碎磚瓦和石子，有的還帶有鋒利的棱角，膠鞋很快就被刺破，甚至腳也會出血。有時還會碰到水溝，只得涉水而過，深秋水涼刺骨鑽心，真比行軍還難還苦。

　　到達工地就成天忙著挖泥、挑泥，不斷往大堤上壘壘，還得夯結實。土得從高處取，以免挖成深坑將來難造田。泥是濕的自然特別重，無論挖或挑都非常吃力。可是上、下午都只休息一次，每次僅十分鐘，只能打打哈欠、伸伸懶腰、小解一下而已。午飯是炊事班送來的，每人仍然一勺粥，外加一塊沒發過酵的餅、半勺大白菜，沒有湯勺和筷子，就拗兩節蘆柴棒代用。

　　那年頭糧食和副食品都是憑票供應的，定量大抵是每人每月三十或三十一斤糧，肉只有二兩，黨、團員一般都響應號召將肉票上交了，因此根本吃不到肉。晚飯更簡單了，每人只能分得一勺粥，連鹹菜都不供應。有

人偷偷抹乾搪瓷杯又排隊打得一勺，結果被人發現，領導竟開大會列隊點名嚴詞批評。

築堤是要搶時間的，有專人觀察潮汛通風報信，有時必須趕在大潮汐到來之前，把一段大堤的基礎壘高並夯實，那就得晚收工。我們一個個像泥人兒似的，大花臉，頭髮、眉毛上都黏著泥，衣服也被泥漿濺濕了，又濕又冷的鞋子更重得叫人提不起腳。但是沒有一個人敢喊累叫苦，個個鬥志昂揚，強打精神與天鬥、與地鬥。

夜間回窩棚，跟著前面領頭的手上拎的一盞馬燈，一路上高一腳低一腳、跌跌衝衝往前走。好不容易摸到了窩棚，往往連洗臉、洗腳都免了，抹掉腿上的泥就鑽進被窩，全身像散了架似的。

眼看我們築的大堤與其他區築的快要合攏，大家更加鼓足幹勁，分秒必爭，個個使盡力氣努力爭取最後勝利。一條十三公里長巨龍似的大堤終於提前完工，不約而同地響起驚天動地的歡呼聲，連江水海水都沸騰了，地上唯崇明特有的小螃蜞，嚇得到處亂爬亂鑽。

據說這次崇明圍墾，僅新安沙就圍得土地兩萬四千畝，建成黃浦、吳淞、高教畜牧場，後又合併為新安沙農場，現已改為躍進農場。我曾帶領學生去農場參加三秋勞動，在一望無邊的金色大田裡割稻子，跟學生談起當年圍墾的事，他們一個個伸出舌頭說：「這麼苦啊！」我聳聳肩，無言以對。

2013年6月18日

我跟豬的緣分

我這個屬老虎的一輩子跟豬特別有緣,嫁了一個屬豬的先生,害得婆婆擔心半天,怕豬寶寶被雌老虎一口吃掉,幸好兩人恩恩愛愛過了五十多年。

記得嫁給他還只有半年多一點,任教的大學就將我下放到青浦高教農場,當母豬、小豬飼養員達九個月之久。跟我一起在養豬場的有中醫學院兩位年輕教師,還有當地的一位農民做場長,一位獸醫學院的畢業生任豬醫生,我們得負責上海高教系統的豬肉供應,責任重大。

當時正值困難時期,我們的養豬場小食堂一天只開兩次飯,上午十點多和下午四五點。蔬菜由農場蔬菜組供應,難得允許外出買菜,也買不到什麼菜。天寒地凍蔬菜組沒有菜蔬可供應時,我們就用醬油燒飯。

清早起來饑腸轆轆,九十幾斤重的我挑了兩大木桶豬食,幾乎跟我差不多重。場長倒是很盡責,有豆餅、麩皮和藻類一起拌勻燒熟的豬食,又熱又香。我每次倒完豬的早餐,都站在旁邊垂涎三尺,顧不上這裡的豬糞臭,只覺得遠比冷鍋冷灶還不能吃早飯的小食堂溫暖。

我很喜歡養小豬,從接生到斷奶,然後慢慢餵養牠們長大。小豬有時也會不適應,鬧肚子,甚至死亡。幾次餵食以後,只要我那麼「噓溜溜」一喚,牠們都會拼命奔過來,歡快地叫著應我。因此我一見小豬死亡會傷

心，場長常嘲笑我書生氣重，他倒是高高興興的，因為可以把死小豬拿回去煮了吃。

隔了三年，我剛生了大兒子，哺乳還不到半年，又值四清運動，系裡又派我到安徽全椒縣參加四清。那裡是極其貧窮的農村，三年災害時期死了不少人。我和一位女職員一起住在小隊貧下中農協會主席家，她男人在外地管糧站，家中有婆婆和十歲的兒子住在裡屋，用木板和布簾隔開，我們就住在外間。因為找不到門板，床是用葵花桿子編織起來的，旁邊有灶頭，矮矮的木桌和幾把小椅子，還有就是豬的窩。

這裡的豬不是圈養而是放養的，有的窮人家還根本養不起豬呢。我們住的這家還算養得起一頭豬，年底賣了就是來年全家買油、買布的零花錢。但沒錢沒材料搭豬圈，且養在家外面夜間也怕賊來偷，所以多數人家都養在灶旁邊。白天就像養狗一樣放牠出去，隨牠到處找食吃。這裡的豬被訓練得特別聰敏，晚上認得回家，餵牠一頓就睡了。早上牠要大小便，就用鼻子拱門，拱開了就在家附近放鬆一下。

我們的「床」離開豬窩不過兩三步，晚上聽牠打呼、磨牙，和牠一起共餵跳蚤；清早被豬拱門吵醒，就起身將牠拉下的大便撿在糞筐裡，丟進茅廁。這裡每家的茅廁不過是用土基圍個圓圈，挖個坑，用兩塊磚做墊腳石，土基的牆不過半人高。也難怪，人住的屋都是土基搭的，缺少木料，也買不起木料，哪還顧得上廁所？

（土基是用泥拌和稻草、禾秸的碎屑放在木模子裡打成，曬乾後即可用。）

我每天清早跟著那頭豬，溜到大墅鎮街上，跟牠的朋友會個面，問個早安，將那些不知為主人家集財的「浪蕩公子」的糞便，用糞筐撿起來，一起送回我家的糞坑，也算為這窮人家做點貢獻。

沒想到隔了幾年，我們大學又在蘇北荒灘辦起了五七幹校。我記不得算是第幾屆學員，不過我很好運，沒有嘗到在海風裡開荒挖河的滋味，因為我有養豬的經驗，又被分派到養豬場。

我不是黨員，自然不會擔任組長（負責人），但飼養員們都封我為「資深主管（豬倌）」。豬拉稀了，母豬生產了，小豬不吃食了，因為幹校沒獸醫，他們就都會來找我這不是獸醫的獸醫，不是主管的豬倌，我呢也會硬著頭皮去給豬看病、吃藥、打針，心裡只求不出事，不要因管得寬而被批鬥。幸好自己跟豬有緣，牠們沒害過我，就這樣度過了兩期幹校生活。

到了美國，再沒機會跟豬友相聚。日前帶了小孫子漢威在動物園見到豬寶寶，他從沒看到過豬，高興得直拍手。我也多年不見想得慌，寫下這篇短文，權當跟牠們敘敘舊。

2013年11月25日

「鵝司令」的風光歲月

　　唐朝詩人駱賓王七歲寫「詠鵝」詩：「鵝，鵝，鵝，曲項向天歌。白毛浮綠水，紅掌撥清波。」不才七歲才讀這首詩。可有一點我比他風光，那就是我不但欣賞過鵝從小到大的種種生態，還當過「鵝司令」。

　　那是上世紀七十年代初，身為上海某高校一名教師的我，被派往東海邊荒灘上的五七幹校勞動鍛煉。這兒原是上海勞改農場所在地，文革初期因怕犯人逃跑農場已遷往內地安徽白湖，剩下的荒地就由上海市三所大學五七幹校的成員繼續開墾。

　　我們住在蘆席和茅草搭的棚子裡，按定量供應伙食只吃得半飽，菜都是水煮青蘿蔔。可是天天割草、開河、挖溝，活兒很重。好不容易從十幾里路之外一家農民那裡，買到半頭鹹死豬肉，儘管已蠟黃發耗有股黰味，但大家仍吃得津津有味。領導不得不考慮長此以往大家的身子難以支撐，便決定自力更生牧羊、養鵝改善伙食，因為羊和鵝均食草，粗飼即可，荒灘上有牠們吃不完的野草，無需精飼料，花費不多。

　　我有幸被分配養鵝。託人從縣裡弄來剛出殼的六七十隻小鵝仔，先圈養。準備好一間蘆席棚，地上鋪了切碎的茅草，劃了四塊地方分別圈起來，每塊地放頭二十隻鵝仔，裡邊擱著水盆供牠們飲水，食就撒在碎茅草上，是從外面荒地上挑來的野草叫苦媽菜，鵝最愛吃。

早晨撒好一層苦媽菜、水盆加滿水之後，一般不再需要人管，我就挑了一副空籮筐去荒灘上到處兜，見苦媽菜就用刀子挑。一路上常會碰到小水溝，裡面有小魚和小海參，我不免喜出望外；還會在茅草叢裡看到野雞窩，裡面有野雞蛋，這更是好東西，自然都帶回去。

晚上我趁值夜班，就抽空清理帶回來的小魚、小海參，洗淨後裝在大搪瓷碗裡，再放上野雞蛋，去伙房討了一點鹽灑在上面，然後請炊事員燒飯、蒸饅頭時放在籠格裡，出籠後就成了美味佳餚。除了分給炊事員，凡經過育鵝室的人我都會請他們嚐嚐。

一位生物系教師告訴我，再碰到野雞窩千萬別將蛋拿走，應該在窩旁邊插一根高高的蘆葦桿，頂上綁點顯目的東西，待到天黑野雞回窩，我們就輕手輕腳走過去用一隻空籮筐扣下去，野雞就逃不掉了。這個辦法還真靈，後來果真逮到一隻雌野雞，飽了大家的口福。

待到十來天後小鵝仔該放牧了，每天早上我打開育鵝室的門，帶領牠們走向廣闊的荒灘，見哪兒草多而又肥嫩就往哪兒跑。好在荒灘上沒有豺狼虎豹侵害牠們，我盡可放心，有的是時間覓野味食材。有時候經過小樹林，會看到許多鮮嫩的蘑菇，當即採了帶回去。生物系的教師都樂意幫我鑑別有毒的蘑菇，以致我們吃了從未中毒。

原先的勞改農場離我們駐地不遠，有時候我們也會走到那兒去，已看不到留有什麼建築物，只剩下荒廢的

崗樓。我慢慢爬上去，不料驚動了一群麻雀，轟的一聲飛走了，一隻隻小窩裡有不等數的麻雀蛋。我毫不客氣地全都取走了，請伙房工作人員煮熟後，剝了殼子發現有的已經孵成小麻雀，一位女學員見了依然當作寶，跟我討了去就放進嘴裡，說這是少有的補品。不錯，在那樣艱苦的條件下，能吃到這類東西算是大幸了。

鵝還沒長大，夜間仍需我繼續值班照顧。當地雨水多，三天兩頭會下一場大雨。我最喜歡夜間下雨，育鵝室門口蛙聲震天，走出門一踩就是一隻，一會兒工夫就能弄到十來隻。就著雨水剝皮、清理內臟，也是裝在搪瓷碗裡，如果有鮮蘑菇就拌在一起，送去請伙房工作人員順便放在蒸籠裡蒸，分給大家吃都說鮮美無比。

有一次我在水溝邊逮到一隻大鱉，足足有十來斤重，裝在籠笸裡很不老實，好不容易帶回伙房。下工後許多人聞訊趕來觀看，經生物系教師鑒別，說這是一頭黿。反正只要好吃，管牠是什麼，煮了送進五臟廟才最重要。哪知道伙房工作人員蒸熟後，大家搶著一掃而光，我連湯都沒喝到，不過我心裡卻很高興。

這下育鵝室成了熱鬧的地方，光顧的人越來越多，都尊稱我「鵝司令」。我也就真的風光起來了，每天趕著鵝上路，跟我打招呼的人不斷，我的長蘆葦桿一揮，鵝兒們挺著脖子一搖一擺向前飛奔，頭上的紅頂日漸增粗，我的風光也跟著越發抖起來。

眼看鵝兒越長越大，兩三個月就相當肥胖了，幹校

上上下下個個都拭目以待，說得更準確些該是垂涎三尺。於是伙房工作人員開始來逮鵝了，一次七、八隻，隔三差五來逮一次，我的風光隨著牠們不斷消失也就漸漸式微了，最終不得不落得個解甲歸田。

2014年3月4日

書迷自白

　　我在娘胎裡父母便因抗戰而分開，幼小的我缺少安全感，對媽特別「黏」，不管她走到哪兒都要跟著。母親靠教書生活，教書匠能給孩子的只有書，於是她就從小培養我看書，只要一本書塞在我手裡，我馬上會放開媽而去「黏」書，書成了媽媽的替身。

　　有了書不會感到寂寞、無聊，也不會跑出去闖禍。我在離家很遠的名牌小學讀書，放學後不會自己轉車回家，就步行十分鐘到一家書店，在那兒看兩個小時書，直到送我媽的交通車經過將我一起帶回家。那家書店並沒有兒童書籍，一個未滿十歲的孩子，囫圇吞棗的胃口也真夠大的，就在成人的書堆裡美妙地「神遊」。

　　沒爹的孩子從小受人欺負，我性格倔強，不輕易掉淚；但一看起書來，常常涕泗橫流。記得進中學那年暑假我正看書，媽忽聽到大聲抽泣，慌忙問我何故，原來我在讀《高爾基短篇小說選》，其中有一篇講一個流浪漢爺爺和孫子在小鎮上演雜耍，觀眾中丟失了一條圍巾，有人說是爺爺偷的，被打了一頓。孫子不斷安慰爺爺，最後他卻發現爺爺真是那個賊，痛苦至極，以致兩人都死去。也許這算不上一個了不起的故事，但它所揭示的人性尊嚴和受傷害後的炙痛，卻不是兩個孩子——小主人公和我的眼淚所能兜住的。這類因讀書留下的情緒記憶，我不知有多少。

　　大學中文系畢業後留校任教，從此我這個書迷更加如魚得水。那時剛結婚還沒孩子。平常我醒來就看書，只留十五分鐘起床、洗刷帶吃早飯，跑步去上課。一天我洗完臉，正要邊吃饅頭邊上路，外子突然大叫：「你怎麼了？」我一瞧兩手一片鮮紅，站到鏡子前更嚇死人，原來我是要拿甘油塗臉保護皮膚，卻不知誰把紅藥水瓶錯放在甘油瓶的位子上，兩隻瓶子外觀完全一樣，由於我的魂還停留在書本上，竟然視而不見、觸而不覺，錯把紅藥水當甘油塗了一臉。可恨紅藥水不易褪色，一時洗不乾淨，讓我在學生面前出了醜。這事在系裡傳開，成了個大笑話。

　　可惜沒幾年文革來臨，幾乎百分之九十的書籍都歸了「封資修」的懷抱，我們家的書也成捆打包，隨時準備學生來抄家時交出去。母親因心肌梗死猝然離世，支撐我度過這段年日的還是書。晚上等孩子睡著了，偷偷將打好包的書拆開來，它們幫我宣洩了壓力，紓解了情緒，使那不敢淌出來的眼淚，不致鬱積演變成癌。到五七幹校勞動時，雖然敢帶的書只有《毛澤東選集》和《魯迅全集》，但晚上將後者翻來覆去地讀，還是獲益不少。

　　八十年代作為訪問學者赴美。一次與幾個朋友一起去逛大西洋賭城，據說去賭城開眼界的人，沒一個不輸錢，可是他們都笑我「鐵母雞硬是生了個大鴨蛋」。原來在賭場兌換的十五元禮金，我將車錢和小費除掉以

後，餘下兩元五毛，拉了幾次「吃角子老虎」，把它們花完為止，輸贏等於零，然後就坐在沙發上，一口氣看了半本書。我並非有毅力控制自己不賭，也不是小氣，實在是書本對我的吸引力遠遠超過了一切。

在美國定居以後，外子和我省吃儉用，卻捨得花幾百美元，將原來大陸老家的書運來一些，加上新添置的，也有了五書架的書。又經不斷發掘「書源」，大學東亞圖書館、鎮公共圖書館（可惜沒幾本中文書）、中國教會圖書館，都是我最愛之處。星期天從教會回來，往往帶了幾本新借的書，一個下午就看完一本。

簡述了書迷的經歷，再概括書迷得到的好處，那便是書對於我，是沙漠中的綠洲、永不失蹄的千里馬、高壓鍋的活塞。在愚民政策統治下，很難明白什麼叫真善美，就如沙漠中的旅客嚮往水那般企盼能得到它，只有書籍（不包括政治宣傳品）能帶給我這片綠洲；也能啟動我的想像力，騎上千里馬雲遊四海，把現實中的得失看淡了；書籍更如同高壓鍋的活塞，再大的壓力和不幸，經這活塞放一放汽，它的損傷力也就減輕了一半。不信，你也可試試，若與人吵架，拿一本書到無人處一口氣看它半本，回來就沒事了。

我迷得最長的一本書是《聖經》，因為我一直搞不懂為什麼它經歷兩千年，卻依舊使無數人著迷。

2003年4月

爆米花

　　後院傳來隔壁孩子爆米花的香味，引起了情緒記憶，思緒縷縷……

　　那是我在上海一所師範大學教書的日子，兩個兒子相繼問世，夫婦兩人浪漫天地一下變成四人捉襟見肘的世界，因為薪水十幾年沒動。孩子們放學回家，總是翻箱倒櫃想找東西吃，也難怪他們，中午的正餐油水不足，加上在學校消耗不少體力，四點多鐘回到家早已饑腸轆轆，要等到父母回家燒飯上菜，實在難熬。經濟較好的教師能為孩子買點餅乾、糕點充饑，我倆小助教每人每月六十元，只能顧上糊口，於是爆米花就成了孩子們的救命稻草。

　　七十年代已不是最困難的所謂「自然災害」時期，糧食已不那麼緊張，每家都會省下點糧票作為「小金庫」補貼家用，可以拿它跟郊區農民換雞蛋或雜糧。爆米花得自己帶米和糖精（當時糖票每家一月只有四兩，不夠用只得用糖精代替，雜貨店兩角錢能買一小包）。周末和節假日，師大一村有做爆米花生意的上門，兩毛錢後來漲到三毛錢，就能爆一大袋爆米花，給兩個孩子當零食，可以吃上一兩個星期。

　　我們家那時住在筒子樓，一間房間就是一戶人家，有什麼消息只要在走廊裡大聲叫兩聲，整個樓層都知道了。哪個周末聽得有人叫「爆米花的來了」，凡有需要

的就全家行動起來，跟聽見吹軍號沒什麼兩樣。做媽的馬上放下手中搓洗的衣服，找齊枕頭套子、餅乾罐子、菜籃子和一張報紙，做爸的忙著準備零錢，然後趕快出去把正在玩耍的孩子叫回來領任務。假如手頭有事一時擱不下，會先塞個籃子給往外走的鄰居，請他幫佔個位子，這個忙人家都會幫的。

爆米花師傅在小炭爐和風箱上面，架起一個老式爆米花筒，即一個密封橢圓形的轉動鍋爐，備有計時器，以及一個破破爛爛但補得一點不漏的雙層麻袋，這就是他的全部家當。他將米和糖精倒進去，擰緊蓋子，擱在炭火上，左手一抽一送地拉著風箱，右手搖著轉動鍋爐，約莫十多分鐘，只見他踩住手柄一處，爆米花機就翹起來了，立即套上麻袋，擰開蓋子，只聽得「嘭」的一聲巨響，隨著一股煙霧大功告成了。

這一聲就像爆竹那樣吸引孩子，他們都會放下手中的玩意兒圍攏來。爆米花師傅將麻袋裡的東西朝輪著的這家口袋或枕頭套、餅乾罐或墊著報紙的籃子裡倒，隨著香味周邊孩子的眼睛裡都閃爍著星星。回程孩子跟著大人，有的抱著餅乾罐、有的拎著裝滿爆米花的籃子、有的背著鼓鼓囊囊的袋子，笑咪咪地邊走邊吃，嘴巴都笑到了耳朵根，浩浩蕩蕩，一看就知道這是凱旋而歸的爆米花隊伍。

每隔一段時間，爆米花師傅就會來到一村門口，霎時這裡成了一道風景：等待爆米花的客戶隊伍曲曲彎

彎，但不是人挨著人，而是菜籃子、破磚頭、餅乾罐排長龍，直至快要到爐子跟前，才有四五個人排著。本來嘛星期天要做的家務一大堆，通常大人帶著孩子來排個幾分鐘，看清自己的方位，大約需要過多少時間才能輪到自家，就留下孩子看守，自己先回家做事。

一村門口有警衛，那時還沒有高架橋，緊挨牆根有二、三米寬的地方，是自行車騎過都擦不到邊的安全地帶。等爆米花的大人在這兒聊天、看報，照顧自家崗位的孩子也絕不會呆守著，而是讓東西排隊，自個兒在一旁跟別的小朋友嬉戲、比賽，一邊從褲子袋裡往外掏阿婆、阿姨給的爆米花，如數珍寶。這種窮開心的場景，多少年後還活龍活現地留在我腦海中。

爲了要爆一次爆米花，通常最少得花上一個半天，因此一般人家一次都不止爆一筒。原材料除了大米還有年糕片、玉米。那時每家只有春節發一次年糕票，買回年糕後攢著捨不得吃，把它們切成很薄的年糕片，然後曬乾。有時天不好年糕片發黴了，明知糧食發黴不好，也捨不得丟掉，把黴的地方用刀刮去，照樣拿去爆。爆出來的年糕片，薄薄、脆脆、甜甜的，可跟買的龍蝦片媲美，最受孩子們歡迎。玉米是指老玉米粒，上海住戶一般搞不到，只有用糧票跟近郊農民換。有一年鄉下親戚送了我家一小袋，吃著比爆米花更香、更脆的爆玉米花，讓孩子們足足懷念了一年多。

改革開放後，人們口袋裡多了幾張鈔票，少了糧

票，最後都不再用糧票。活路多爆米花師傅來得少，排的隊伍也縮短了。幾年前回上海老家探訪時，問起門衛爆米花的事，回答是：「誰現在還吃這玩意兒！？」但它卻帶著不可抹滅的香味和魅力，永遠活在我們這一代人的記憶裡。

2014年6月19日

窗口・陽臺

　　每個家都有自己的窗口，從我現在的住家窗口望出去，是一幢幢普林斯頓大學研究生宿舍的平房。在我們剛搬進來的那幾天，高大的松柏還滿披著厚厚的雪氅，比聖誕樹都漂亮。如今，似氈般的綠茵茵草坪的邊緣，已經鑲嵌著一叢叢燦爛的鬱金香：玫瑰紅的、絳色的、淡紫的、嫩黃的、雪白的……美國幾乎家家戶戶門口都喜愛栽種這種花兒。

　　那張粗糙的野餐木桌旁，周末或節日經常圍有一群小夥子和姑娘，有時在跳舞，有時在barbecue（室外燒烤），有時則只是三三兩兩地散坐著談天說地。

　　我出入家門，他們會「Hi！」一聲主動打招呼，分別時還禮貌地說上一句：「Have a good day!」（祝你今天好運）但不論是含笑的招呼聲，還是無憂無慮的大聲喧嘩，抑或狂熱的鄉村音樂旋律，在我聽來都像老式留聲機的針頭走錯了軌跡，它的走調、刺耳格外使人心煩意亂，其實只是因為我沒能在其中捕捉到自己熟悉的鄉音。

　　我在窗下打開了《聖經》，想讓神的話語撫慰我那不平靜的心，映入眼簾的卻是「十誡」的最後一條：「不可貪戀人的妻子、僕婢、牛驢，並他一切所有的。」我的心充滿了犯罪感和需要不斷與妒意作鬥爭帶來的疲憊，最後又漸漸趨於麻木，眼下窗外的一切似乎

都與我疏離了。我討厭自己老是沉淪於回憶之中，為了在這塊陌生的土地上逗留下來，需要加倍地勤奮學習，而不能憑回憶去發掘自己眼下認為已經失卻了的價值，更不能依靠咀嚼往日的苦渣去換取幻覺中的甘甜。

然而，我卻往往在朦朦朧朧與疲倦不堪的狀態中，又回到了大洋彼岸我在六樓的家的窗口，像往日一樣，手裡拿著一杯濃茶，倚靠窗欄舒展著身體。從窗口往下俯瞰，那是一條水泥小路，直通我們大學部教學區。每當我目送我的學生踏上這條小路，看見他們揚起手跟我告別，天真地打鬧著或繼續熱烈地爭辯著離去時，我的心裡總洋溢著一種滿足感。

人們對你的需要，是一注不斷噴湧的甘泉，它會使你的心田永遠濕潤、肥美。如今，需要我的人不再在自己身旁，我不得不努力作自我心理平衡，這樣才不致使心田因乾旱而荒蕪。

為了擺脫眼下窗外的干擾以及幻覺中窗口的誘惑，我大聲朗讀著英文「window」（窗）、「balcony」（陽臺），聲音聽來是那般的乾澀、空洞，完全喪失了往日在課堂上那股子磁力。我討厭它，討厭它，卻繼續固執地重複著這拗口的英語「window」，「balcony」……

是的，對著我那個家的窗口，還可以清楚地看到對面人家的陽臺，它簡直是一個奇妙的拼湊物：花壇與欄杆上一盆盆地端放著月季花，儘管年年月月似乎也幾度姹紫嫣紅，然而，在花枝後面卻是垃圾成堆：斷了腿的

椅子，鬆了榫頭的書架，輪子脫落又鏽跡斑斑的小推車，破破爛爛的木板，還有準備賣破爛的廢紙、破盆、空瓶子……

看來這戶人家儲存的垃圾和廢物，該有十幾年的歷史了，把好端端的陽臺糟蹋得骯髒不堪。

說到那些月季花，頂端的花雖然有杯口那麼大，似乎很有氣派，而接近底部的花卻又小又癟，垂頭喪氣。主人該沒有動手剪過枝，以致頂端的花保留過多，於是甚至已經凋謝的花兒，連同多餘的枝條一起拼命地榨取養料，壓得底部的蓓蕾因缺少養分由僵而死。可是，整盆月季花倘若缺乏新鮮的含苞待放的蓓蕾，就絕不會勻稱、豔麗，富有生氣，花期也必將縮短。

……猛地，我又驚醒過來，什麼窗口，什麼陽臺，我必須清醒地面對現實。回憶若是為了思考的緣故，那就將它存放到總結這個賬目中去，將來可以一筆筆地劃清，目前卻需要暫停支付，否則在賬目上一定會出現負數。我絕不能像那陽臺的主人那樣，住在新房子裡，卻讓自家的陽臺充斥著垃圾。只有撤除一切破爛，才能有新的設計。

誠然，我是如此地留戀我那個家的窗口，不知道哪天才能回到它身邊？我也不知道我所關懷的一些身影，何日才能重新出現在窗下，但我相信經過不斷地磨練，有朝一日，他們更加壯實的身影還會重映在小路上。

雖然我還不清楚陽臺的主人何時才能清理和剪枝，

但我看到新的潮流早已湧起，正以不可阻擋的氣勢，改變著普通人的信念與心態。因此，垃圾總會徹底清除，月季花的枯枝敗花，總有一天會被修剪，新生的蓓蕾必將開放得格外美麗。那時候啊，我一定會按捺不住狂喜的心情，重新回到我那窗口，從那裡望出去，將是我熟悉而又陌生的新天地。

1990年5月27日

夥伴再見

這一個半月來，每天當我早早地離家步行上班路經它身旁時，我都心痛得不敢多正視它幾眼。我似乎總聽到它用那寬厚又抱歉的口吻，以只有我倆才聽得見的聲音對我說：「對不起，主人！害你每天來回走一個小時，我卻躺在這兒休息，不能再為你服務了。」

我常常會忍不住跑過去，撫摸著它的創傷默默地對它說：「謝謝你用你堅強龐大的身軀保護了我免於受傷。別著急，夥伴，你會得到修復的，你還會伴我馳騁在高速公路上。」然而，現在這保證都似乎成了謊話，它明天就要被當作廢品拖走，被壓扁，然後就在那兒慢慢地鏽壞、腐蝕。它餘下的光景該多麼的淒慘、孤苦，而我就是製造這一悲劇的罪魁禍首。

這部汽車雖伴隨了我不過兩個月，但我實在是深愛著它。為了買它，我大兒子長途驅車從普林斯頓直到長島，忙了一天都顧不上吃喝。我以五十開外的年紀，考了四次路試，花了差不多一年時間才拿到駕駛執照。因此，兒子在離開普林斯頓時，把這部嶄新、平穩的大車讓給了我，他知道對一個在大陸一輩子沒福分摸到小汽車，又極容易緊張的老母親來說，開車實在不是一件容易的事。他再三叮囑道：「把你那輛搗亂、破爛的小跑車賣了吧！它隨時都會耍脾氣、出毛病，太不安全了。這輛大的1988年的車會安全得多。」

　　這輛「潘迪亞克」給我的感覺確實完全不同，它從來是溫和而聽話的。上車後各種指示燈按規定亮了之後，只要我輕輕一踩油門，它就輕快地啟動了。有時我獨自行駛在高速公路上，感到那樣的緊張而無助，我實在不喜歡開車，但我又不得不開車，否則在美國你就會喪失獨立生活的能力。在孤單而危險的路程中，只有我的車兒是我忠實的伴侶。它似乎很懂得我的心理，從不亂發脾氣來嚇唬我；它也是最肯合作的，我怎麼指揮它就怎麼配合，從不自說自話；它又是最講義氣的，我對它一分保養，它就以十分的功效來報答我。

　　一個颱風又下雨的夜晚，透過陣陣閃電，看到車外的雨真可謂「傾缸」而下，我駕著車，心兒都快從口腔中跳出來，每時每刻都感到自己要與對面的來車相撞了。同時卻清醒地意識到我的伴侶是靈活的，它繞過了大水塘，閃過了無數輛迎面開來的大卡車，最後安然無恙地將我載回家，它雖然是滿身泥漿，我卻連一滴雨也沒淋到。

　　在美國生活永遠是快節奏的，為了跟上節奏，我永遠是急急忙忙的，急急忙忙地趕去上班又下班，趕去上英文課，趕去買東西，趕去……這一次就因為自己過於心急，沒能再耐心地等待些時候，做了不適當的左轉而發生車禍，就此讓我的夥伴報銷了。我後悔，我心痛，然而，我確實沒想過我會放棄開車。

　　我撫摸著夥伴的傷痕，一種歉疚和失敗陣陣襲上心

頭，卻每天都真切地聽到它那低沉的耳語聲：「沒關係！主人，別氣餒！你把我作為學費繳上了，就更沒理由在繳了學費之後而放棄學習。學吧！世界上沒有一件事是學不會的。望你多多保重！」

明天咱倆就要分手了！這時也對你道聲「保重」已經沒有任何意義了，但我會永遠記下這北風中颳來的你的道別。謝謝你，我的夥伴，謝謝你的「犧牲」給我換來的駕駛經驗。請相信我絕不會輕易放棄什麼，無數次失敗的教訓，會使我成為一名老練的駕駛員，這不正是你所期待的嗎？

1991年1月30日

美夢成真醒亦難

我從小愛讀書，剛進初中已讀完《水滸傳》、《紅樓夢》、《三國演義》和《哈姆雷特》，對那些寫書的人佩服得五體投地，夢寐以求地巴望將來自己也能寫書、出書。一天早晨在上學途中突然有靈感襲來，邊走邊口中念念有詞，居然哼出一首詩，當時以為只有大人才可以投稿，便冒充二哥煤氣廠工人身份，投給了《勞動報》，沒想到很快就登出來了，編輯部還來信邀我參加作者座談會。

高中讀的是師範學校，我不時在文匯報、解放日報發表一些短文，因此被選為學校課外活動文學組負責人，周末常去聽上海作家協會主辦的文學講座。作協副主席、五四時代老作家許傑先生的講詞深深感動了我，他強調要作文先做人，必須認真學習魯迅「俯首甘為孺子牛」的精神。從此，我立志要做一名像他這樣的作家。

許先生時任華東師範大學中文系主任，我在中師畢業後做了一年小學教師，因仰慕他的名而投考該校中文系。放榜後曾以懷念我教過的學生為題材，認真寫了一篇散文《等著吧，孩子們！》，發表在解放日報文藝副刊「朝花」上，這可算我真正的處女作。帶著這樣欣喜的心情入學，聆聽老教授們深邃而又淺顯、博學而又專精的授課，憧憬著未來一邊教書、一邊寫書的美好前

景，大有「今年花勝去年紅」之感。哪知道好景不長，以後的幾年大部份時間都被各種各樣政治運動佔掉了，許傑先生和另幾位名教授在第二年竟被劃爲「右派分子」，不准再上臺講課，讓我們這些莘莘學子一下子掉進失望的深淵。

畢業後我雖有幸留校任教，從事文學理論教學和研究，但是按照黨的規定，首要任務必須做好黨的「文藝偵察兵」，即以毛澤東思想為武器，密切注視報刊上的所謂動向，聞到資產階級、修正主義味道就得立即撰文抨擊。為此我曾批判過理論權威周谷城先生，以及《早春二月》這類好電影，自以為初生之犢不怕虎，其實是為虎作倀，亂抓辮子、亂打棍子，文章毫無價值。

文化革命期間寫作完全失去了自由。我曾寫了一篇評李贄文藝思想的文章，以真實姓名發表，黨總支秘書知悉後竟馳函編輯部調查，懷疑我有個人英雄主義思想。這樣又耽擱了整整十年，寫書的美夢早已打入潛意識最底層。

改革開放的春風吹醒了我，這時我與妻子都已步入中年，她和我同校同系，執教中國現代文學，我倆覺得應當趕快補回年輕時的損失，決定將各自有限的精力和才智合在一起使用，在她搜集的郭沫若資料的基礎上，選擇中國文壇二號人物作為研究和評論的對象，想先編纂年譜，然後再寫文學傳記。鑒於郭沫若是個有爭議的人物，而且一生時間跨度大，經歷曲折複雜，要按年逐

月甚至落實到日反映其全過程，需泛讀他的全部著作和文章，查閱各時期重要報刊，並盡可能訪問他的親友和接觸過他的人，有的還得馳函詢問，忙得我平日除了上課，幾乎將所有時間都花在這上面。

經我逐條摘錄、梳理的資料擺得比我人還高。炎夏在家裡打著赤膊，寒冬則裹著被子，我負責撰寫，妻子看稿修改和補充。就這樣，譜主的全人格終於在字裡行間逐漸顯現出來，原來既是天才又是魔鬼，從中我們看清了他怎麼由一個背叛舊世界、全身充滿叛逆精神的詩人，最終演變為統治階級的馴服工具。書稿完篇近九十萬字，天津人民出版社接納後很快付梓，分上、下兩冊同時問世，後經增訂又添十萬字，改為上、中、下三冊。

出版時正值郭沫若九十誕辰，新華社為我們的書發了新聞，中央人民廣播電臺廣播了，各地報紙也作了報導，一些親朋好友來電話或信函祝賀。樣書寄到郵局時，我倆向學校農場借了一輛拖車把書拖回家，分贈師友和同事，不亦樂乎。後來該書還榮獲上海高校哲學社會科學研究獎。

第一炮打響確實給我帶來無限歡欣。然而天空不盡是彩霞，接踵而來的是有人明褒暗貶，說我們的書比磚頭還厚，說我倆是「暴發戶」。我都報以淡淡一笑，毫不介意，此時心中想的卻是：我一定要寫出比這更有價值的書來！還是恩師許傑先生說得好：「別管別人怎麼

說，你們寫你們的，這畢竟是你們的頭生兒子，今後要多生幾個才好哇！」

是的，出書的美夢還要繼續做下去，我倆便遵照許傑先生的教導，應北京十月文藝出版社「中國現代作家傳記叢書」邀約，撰寫文學傳記《郭沫若傳》。由於有年譜作根基，文字揮灑的餘地大，而且我們力求擺脫「立傳」是為了「樹碑」的傳統觀念，從人物一生所作所為的實際出發，功過、德眚都不可掩飾，必須真實地寫出傳主的全人格。如此這般，這一炮遠比第一炮打得響，由於這是文學讀物，普及面自然更廣，以致不斷有讀者來信鼓勵。

書出版了，越來越覺得國內政治氣候，以及輿論界的習慣勢力對寫作的束縛令人難以忍受。《郭沫若年譜》尚未運到新華書店出售，因為「四人幫」倒臺，中央突然下令各種出版物均不可出現他們的名字，由於原先所寫郭沫若參與的許多政治活動都是跟這些人在一起的，出版社為了「火燭小心」竟未經作者的手，就擅自刪掉該書下冊有關條目而重新排版，餘下的近萬冊全都打成紙漿銷毀。這樣做豈不是在隱瞞歷史真相？至於《郭沫若傳》問世後，居然有評論家指責我們，不該將傳主在日本嫖妓罹患性病求助恩師的事曝光，要我們該像站在山腳下仰望頂峰那樣看待郭沫若。豈不謬哉？

一九八八年歲杪我與妻來美探親，次年因六四風暴而滯留未歸，至今二十餘載，期間曾打工多年，後又進

入高等學府重操舊業，我倆始終沒有輟筆，一直繼續做著出書的美夢。我嘗試各種體裁，詩歌、散文、隨筆、兒歌、童詩、小說和評論均涉筆，向臺灣和美國許多華文報刊投稿，單在世界日報和世界周刊發表的長短文，累計就有五、六十萬字，並先後單獨出版了詩集、散文集和長篇小說。長期置身自由國度，方才覺得寫作無比寬鬆和愉快，深深體會到美夢成真醒亦難妙境的迷人。

有美夢才能出好書。一個在寫作上有追求的人，為了寫出更多的好書，就得不斷地做美夢。願這樣的美夢伴隨我終生。

2013年6月25日

活得自在

　　我所在的一家電腦公司，有不少從大陸和臺灣來的教授、研究員、工程師、醫生、作家、會計師等各種人才，只因不諳英語也不懂電腦技術，以致屈就裝配工或幹其他較苦的活兒，做得累的時候，自然免不了會唉聲嘆氣，甚至懊惱當初不該丟棄原來的工作而到異鄉打苦工，然而生米已經煮成熟飯，只得既來之則安之。其實像這樣的人，在美國不知有多少。

　　不才也是這些人中的一個，也曾有過和他們一樣的苦惱，不過現在我已經擺脫了那種困擾。想當初，我亦忝為作家、副教授，某個學會的理事，表面上似乎光彩得很，可是骨子裡卻很不自在。殊不知在大陸，無論是教壇抑或學術界，競爭常常是不平等的，許多人為了爭名奪利，什麼事都做得出，如果誰想憑真本事取勝，那真是書生氣十足。為此，我早就覺得在那樣的環境裡活得很累，很沉重，很想求得擺脫。

　　對一個知識份子來說，物質生活苦一點不要緊，而精神生活有大礙那就難以度日了。出於這種考量，我才選擇了現在的這條生活道路。在這裡，我應當感謝元代大戲曲家關漢卿，他的一首散曲《南呂·四塊玉》給了我很大啟示：「南畝耕，東山臥，世態人情經歷多；閑將往事思量過，賢的是他，愚的是我，爭什麼！」是的，看透世態人情，往日的是非已如過眼雲煙，名利亦如東

流水，爭什麼呢？還有什麼可悔的？

　　我把自己的工作場所——當然談不上Office（辦公室）取名為「五味齋」，意在品嘗人生況味酸、甜、苦、辣、鹹，食盡五味方知味，那才會覺得自己沒有枉來人間一趟。南宋著名詞人辛棄疾的兩句詩，滿可借來表達我的心情：「味無味處尋吾樂，才不才間過此生。」我以此為座右銘，在這不管有味還是無味的地方都要自尋樂趣，在這毋須他人評論自己是才亦或不是才的處所度過餘生，此亦足矣，還有什麼可怨的？

　　同事中，有位來自臺灣原為史學研究工作者的宋龍泉先生，他頗能理解我的心境，曾特為「五味齋」題詩一首，云：

> 老來遯此間，
> 無悔亦無怨，
> 風情未稍減，
> 頑皮仍少年。

　　可謂知我者莫若龍泉兄也。他是「五味齋」常客，每次來訪必談笑風生，興致來時彼此還以詩詞唱和。說得雅一點，原來我們是同道；說得俗一點，借文化大革命用語我們乃是「一丘之貉」。看來也真有緣，而今我們竟然成為同一公司的職工，正是十年風水輪流轉，河東河西皆無妨，重要的是要活得自在，活得快樂，無悔亦無怨。

1999年1月13日

「甘蔗渣」的話

——給老同學的一封信

你的電郵收到，真要感謝伊媚兒妖精，讓在陝西咸陽的你和在新澤西州的我，只需半分鐘傳遞時間。

去年從老馬處帶回的《同窗敘譚》，因為夾在別的書裡，一直沒找到。前兩天發現了，一口氣就將十幾篇老同學的大作讀完。晚上作夢夢見還是十七歲的我，站在麗娃河石橋上，望著高歌泛舟的同窗好友，歡欣招手。剎那間平靜如鏡的河面上一切消失了，我想高喊讓人來救你們，但救誰？你們在哪兒？剩下的只有茫然。醒來時渾身濕透，兩手緊緊抓住卡住喉嚨的衣領。

在這執筆的十幾位同學中，聰敏極頂的佩舫，一生坎坷，才輪到他發揮才幹，卻已病入膏肓，沒等到同學聚會已駕鶴西去；「苦辣酸甜鑄人生」的老牛崔大哥，中風偏癱，雖憧憬相聚，然而寸步難行；向來穩重的六班核心老馬，《老同學重聚紀略》這篇報導抒情又俏皮的文筆，讓我大笑又轉而唏噓沉思。讀過他的散文《護短集》，你一定會和我有同樣的感嘆：我們這位政治輔導員，是一輩子擺錯了位子的一枚棋子。能寫這麼漂亮的詩文，又寫得一手好字的才子，若不叫他搞政治，文壇上將添多少奇葩？鵬振也是如此，性情中人，擅長書法、繪畫、詩文，典型的文人氣質，卻偏要他和老馬一

起領導「鬥爭」，當然只能落得個「思想右傾」帽子戴戴。回想我們曾有過青春、友誼、理想，最後只落得衰老、背叛、幻滅，心中不免有淡淡的憂愁。

我當時在六班年齡最小，包袱最大：出身不好，社會關係反動，這讓母親一輩子充當「老運動員」至死。母親教育我要愛人，有教養。可從我加入少先隊到共青團，只知道講究愛和教養是資產階級的一套，我要反叛！同時頭上懸的那把劍，隨時都會落下來！我必須穿上「批判」的盔甲，不停地批判自己、家庭和所受的教育。

我渴望被愛和有一個安全港，結婚後我才發現民非但不能保護我，還把自己給搭上，被作為修正主義苗子在全校黨員教師大會上受批判。我是在怎樣的眼光下，天天來回在先鋒路上，這還是在文革之前。這種高壓就像五千磅的汽錘，錘煉我對父親的仇恨。在《遙祭》這篇散文中我描述了自己不願饒恕的灼灼仇火。

帶住了，跟很多老同學受的罪相比，這真是小巫見大巫！有時我常想我們六十年代第一代大學畢業生，跟整體六十年代畢業生一樣，是「甘蔗渣」的一代，好不容易挨上了「末梢」甜，還沒來得及被嚼上兩口，就被當成渣滓吐出來了。

好吧，甘蔗渣就甘蔗渣，我們還是奉獻過甜份，而且甘蔗渣還是造紙和預製板（木屑板）的原料，傳承文化，給人擋風遮雨，這不是一種愛嗎？自然，「甘蔗

渣」在熬煉成紙漿和壓縮為木屑板之際，苦難有時難以忍受。但為了愛，為了傳承，我們還能苦熬。可怕的是有時這種愛，遇到的是冷漠和凶殘。

　　戴厚英慘遭她有恩於他的同鄉砍殺。這位我們熟悉的老同學，中國當代文學史上頗有聲譽的女作家，寫了動人心弦的作品，又為家鄉救災、築路、助學捐款，結果愛心卻成為砧板上的魚肉。噩耗傳來的那晚，社區的路燈在淒風苦雨中忽明忽暗，就像被害者不能瞑目的眼光。我渾身顫慄著打開電腦，就著這點照明，寫下悼文《一曲哀歌》。

　　我自然知道戴的遭遇是一極端事例，可是我還想告訴你，我的朋友，揚州師院的一位退休教授，也就在自己家門口慘遭卡車碾斃，司機逃遁，竟也沒有一位鄰居來報告他坐在輪椅上的老妻。這樣的事大陸幾乎每天都有發生，從小我們受的教育要愛祖國、愛人民，難道這愛都化成絳色的露珠消失了嗎？

　　在我的《天有彩虹地鋪金菊》一文中，向老同學彙報了來美前後的經歷，這裡還想向你補充在美國一次奇妙的經歷。那是一九八三年的復活節，四月初的一個早晨，天氣陰霾，兩天前還在街頭看到了花攤，但這天卻是春寒料峭。裹緊了大衣，站在花崗石禮拜堂前曲曲彎彎的隊伍中，我的心是沒有陽光照耀的石頭，前面的隊伍蜿蜒著，就像永遠跨不完的人生溝坎。

　　復活節的聖詩開始了，我一句也聽不懂，熱淚卻濕

潤了兩頰，連毛衣的前襟都閃亮著淚珠。我只覺得自己像被一股愛的熱氣包裹著，連石心都暖了。當時真的很詫異，怎麼又會落淚了？我從小多愁善感，對著一本書主人翁的遭遇會大雨滂沱；跟朋友告別會濕了人家的肩膀。但近年來我的淚泉似乎乾了，母親去世，我哭不出來，只為她感到解脫；赴美前在機場跟家人告別，十八歲的兒子偷偷抹眼睛，我卻沒有一滴眼淚。

　你記得朱自清先生的《笑》這篇散文嗎？它給我的印象比《背影》還深。他記敘自己的前妻武鍾謙女士，從一個愛大笑的姑娘，一步步變成一個不會笑、也不會哭的媳婦。其中的酸楚讀了讓人終身難忘，因為我在其中望見了自己。我前半生都在批判愛，抗拒愛，又忍不住追求愛。一顆沒有愛、死了的石心怎能滴下淚來？那天我觸摸到了真愛，耶穌為罪人上十架又復活的大愛，能使心死的人復活，他的活水充滿了我心，我又會流淚了。

　如今我雖年邁體弱，然而耶穌的大愛使我真正活著，深感幸福。「甘蔗渣」不僅不乾，還活得很滋潤，會哭、會笑、還在寫，傳遞愛和甜。民也追求到了大愛。我倆能攜手一起走向彩虹的那頭，即使滿頭白髮，步履蹣跚，耶穌不嫌我們醜，永遠伸開雙臂擁抱。我多麼希望能在那邊見到你和更多的老同學。請轉達對老同學們的問候！

2013年3月8日

第三章 款款親情多愛撫

親情是失落時的安慰劑，迷惘時的清醒劑，
消沉時的興奮劑，齟齬時的黏合劑。涓涓溪水，
永不乾涸。

雙槳同舟

　　讀了原師大老師和同事世瑜和謙豫的合集《雙槳同舟》，心想這般記敘夫妻纏綿的文章，千姿百態，扣人心弦，絕不會有盜版，即使別人不愛讀，也是為兩人刻下生命的里程碑。那麼我也寫一篇同名的文章，就作為金婚的紀念吧。

　　一九五六年初秋上海某大學門口，在男生宿舍新生分配名單旁，一位男生的眼睛被一個熟悉的名字吸引住了，頓時心跳加倍，怎麼她也考取了師大中文系？怎麼會蛻變成了男性？分外的驚喜使他不知所措，半天才想起去告訴「新生辦」，他們把這位新生的性別搞錯了，會給她帶來不便。誰知回答是新生檔案不在手邊，不能隨便更改宿舍名單，得等當事人來了再說，萬一你搞錯了，是同名同姓的另一個人呢？

　　「這怎麼可能？認……認識她整整四年，從進中等師範學校開始直到畢業，就……就是她。」真是雞同鴨講，不說也罷。

　　記得考取中師的那年夏天，學校舉辦夏令營，軍事遊戲兩隊大戰，誰能逮住對方的兵，並將他身後的名牌撕下，誰就贏。一開始這個男生的注意力，就被一個戴紅領巾、梳長辮的小姑娘吸引住了，決心一定要逮住她。她雖跑得快，畢竟架不住一個體力強的男生死追猛

趕，最終被他捉住，而且就在這一刻，他立志要抓住她一輩子不放。

可是他倆分在兩個班，很少有機會碰面，只有在兩人都參加的課外興趣小組裡，他才有機會窺視她；在全校集會時，他也一定會雙眼睜大搜尋她。畢業後各自被分配到不同學校當小學教師，他也一直打聽她的消息。真想不到，「眾裡尋她千百度，驀然回首，那人卻在燈火闌珊處」，叫他怎能不興奮得口吃？

老天真折磨人，現在既然將他日夜思念的人放到身邊，為啥仍不讓他倆在一個班？這一屆中文系學生共二百多人，男多女少，每個班都不過四、五朵金花，眾目睽睽之下想把金花摘為己有絕非易事。好不容易熬到畢業時，他才拼殺成功。沒想到新婚前夜，卻來了個「判官」——黨總支副書記臨場檢查，一經篩檢，鏤花窗簾拿下，結婚照收起，舊唱片刻的普希金頭像也落地，只有光光的四面白牆，新房慘淡得像病房。準新娘被嚇得涕泗滂沱：「怎麼還來個臨門一腳，要嫁你怎麼這麼難？」好歹兩人總算登上小舟，握住雙槳，不論前面是絳色晨霧，還是黑色風暴，小舟終於起航慢慢前行。

婚後，由於丈夫是工農家庭出身，妻子是資產階級知識份子家庭出身，後者便被當作一帖「腐蝕劑」，他倆不得不經常分離。於是新婚才幾個月，她就被下放到高校農場養豬，一個月四天休假方可鵲橋相會。做丈夫

的實在耐不住清冷，有時周末就坐上兩小時長途汽車，再步行一小時，帶上幾顆饅頭，偷偷來到養豬場相會。

一九六四年她又被派去農村參加社教運動。翌年春末南京一家小旅館的服務臺前，一對男女要求登記入住，服務員以「克格勃」眼光審視他倆的工作證。「你們既然都是上海的大學教師，跑到南京來開旅館幹什麼？結婚證帶了沒有？怎能證明你們是夫妻，不是亂搞？」話說得這麼難聽，聽的人臉都紅了，一個來軍校學習，一個來出差調查「四不清」幹部，有誰外出隨身帶結婚證？又不是去民政局辦離婚。幸好她在公社開外調證明時，多拿了兩張蓋了公章的空白介紹信，來旅館前已用一張為自己寫了夫妻關係證明。真有先見之明，不然他倆只能睡馬路了。

小別勝新婚，儘管小旅館的被子髒得像油布傘的傘面，只要有屋、有床小夫妻就滿意極了。第二天妻子早早吃了晚飯，又倚在髒兮兮的床頭等他。聽得樓梯一有動靜，就像狼狗似地豎起耳朵，直到捕捉住那熟悉的腳步聲，便一躍而起，赤腳踩在那黏嗒嗒的地板上奔去開門，一頭撲在他懷中。「將來有一天我要將咱倆的『小旅館之夜』寫下來，不過除了我們這一代中國人，恐怕沒人看得懂。」她說。「一定會有讀者的。」吻著被淮北寒風吹得變粗糙的妻子的臉頰，他輕輕答道。

儘管夫妻聚少離多，還是孕育了兩個兒子。遇到春節全家歡聚的美好時光，丈夫排了兩個小時的隊，憑票

證買來大黃魚，卻讓不懂烹飪的妻子燒成一鍋帶刺的魚羹。孩子們急得直跺腳，妻子委屈得淚汪汪。「年年有餘，過年就講究個有『餘』（魚）嘛，今天把魚羹放過夜，明天結成魚凍，再把刺那麼一挑，還不叫你們鮮美得掉眉毛！」他嬉笑著解了圍。

在校的日子，兩人既要上課，又要搞科研寫著作，還要管兩個男孩，常恨分身無術。一個初夏的夤夜，妻子備好課，擱下筆將教案放在臨窗書桌上，就急忙爬上床抓緊時間睡覺。粗心大意的她忘了關窗，「清風不識字，何事亂翻書」，一覺醒來，除了桌底下的一張教案紙外，其餘都不翼而飛了，這下真急得她要上吊。做爸爸的馬上下令：「兒子，快跟爸下樓去找！好在昨夜沒下雨，準能找到另外的幾張。」「上陣父子兵」，他們翻牆、鑽樹叢，一刻鐘後父子仨果真喜洋洋地帶回了「戰利品」，擦去泥污，又是一疊完整的教案。望著「雨轉晴」的「馬大哈」，誰也不忍數落她。

幾十年光陰求得雙槳同舟，共度風雨，並非易事。有時難免划槳人會分心，貪戀沿岸風光，忘記手中的槳。這時另一划槳人需智慧和耐心，這是飄過的雲，還是把樹根扎到了湖心的柳？只要划槳人沒忘記自己的職責，哪怕「兩岸猿聲啼不住」，這葉「輕舟已過萬重山」。

誰又會想到出國熱潮，居然把他倆的小舟捲到大洋彼岸。妻子知天命之年的生日是在美國過的，那天丈夫

邊為妻子梳頭邊感嘆：「我們從此不會再分開了。」是的，在這兒他們更加相濡以沫，他是她的頭和腳，因為他是一家之主又是司機，她是他的耳朵和嘴巴，幫他翻譯、溝通。兩人一起開車打工，做禮拜，搞創作，最後又重新走上大學講臺。

風雲突變，兩人正過著結婚以來最幸福的日子，妻子突患舌癌，不得不離開心愛的教職，開始一場場戰鬥：開刀、放療、化療、癌轉移、後遺症……看來一邊的槳開始朽壞，隨時可能被湧來的浪濤打下水去；另一個就用單槳，格外努力划著風雨中的小舟。他認識小舟掌舵的，相信他們不致覆舟，必有盼望。

深夜他望著那張給過他無限溫馨的嘴巴，如今既不會說話又不能吃食。「沒關係，會好起來的！」他自言自語地走到電腦桌旁，服侍病人疲累了一天之後，還要為妻子編輯散文集，打字、校對、寫序，希望在她重新站起來時，能欣喜地捧起他倆合作的又一「胖兒子」。

大半年後，他倆攙扶著走在教會的路上；五年後，又翩翩起舞在老人中心大廳裡；八年後，他倆捧著妻子又一個「老來子」——新出版的長篇小說，喜極而泣。這就是他倆雙槳同舟，平淡而又浪漫的故事。

2011年春

歸夢不宜秋

秋天隨著蕭蕭落葉悄然來臨，季節常常引人聯想，秋憶不免又上心頭。不過，秋風秋雨，秋雲秋月，讓我聯想到的並不是收穫，而是揪人心肺的離愁，因而我怕秋。離別即將結婚的未婚妻去崇明島圍墾是秋天，結婚不過半年妻子就下放高校養豬場勞動是秋天，大兒子出世才五個月，領導就要我妻子去安徽參加四清運動也是秋天……

就說上世紀七十年代初的那個秋末，那時我在江蘇東海濱荒灘上的五七幹校勞動，衰草曠連天，方圓十幾里不見人煙。我們天天開河挖溝，修渠築路，收工後累得跌跌撞撞走進宿舍。不料突然下達毛澤東「野營拉練好」的批示，幹校當晚就結隊拉練，即為備戰而練習急行軍。深秋的深夜，我們在尚未成路的前面人剛踏倒的茅草叢中鼠竄，秋涼如水，寒露時不時打在腮幫和脖子上，只有朗朗秋月憐人苦，慷慨地讓我們借著它的亮光前進。此時此刻我怎能不思念留守上海的妻孥，妻子一定也得參加拉練，那麼孩子留在家中誰來照顧？

多事之秋事真多，又聽學校來人說上面為了備戰和節約鬧革命，決定把加固防空洞用的磚塊，派給每家按人口做磚坯，一人交三十塊，一個月之內必須送到學校土窯去燒製。我家四口，就得交一百二十塊。從挖泥運土、拎水和泥、搏土入模做坯子，一直到送磚坯去土窯，要花多大的勞力？按照妻子的性格，她會瞞著我照

做不誤。可是誰不知道，這該是男人幹的活兒啊！

　　拉練回來已是深夜，睡在窩棚內簡陋的床上，汽油燈滅了，我的腦子卻活了，浮想聯翩，妻子和一雙小兒郎彷彿就在眼前。我只盼著三個月回上海休息一次的假期能快點到來，好幫妻子做磚坯，再帶兒子們好好樂一樂。我早已從荒草叢中的野雞窩裡，抓到兩隻剛出殼的小野雞，放在一個大紙箱裡養著；又在周日半天整理個人事務的時間，跑到十來里路之外的小鎮上，用我節省下來的糧票換來一包當地土產「麻切」，即用麵粉加芝麻和糖油炸的果子，帶回去好讓孩子們有個驚喜。

　　就這樣躺著思前想後，終究由於太累，不一會就睡熟了。子夜時分被噩夢驚醒，我一時愣住了，回憶剛才夢中的情景，是那麼真切：兩個兒子一面興致勃勃地在追逐小野雞，一面喜眉笑眼地吃著「麻切」，……夢是最意識流的，一會兒又轉換了鏡頭：妻子在將一疊疊磚坯搬進拖車內，兩個孩子從旁幫忙，不料妻子手中的磚坯倒了下來，砸傷兩個孩子的腳……

　　忽然一聲悶雷炸開，接著雨點子像打鼓似的落在薄薄的油毛氈蓋的屋頂上。我輾轉反側，再也沒有睡意，腦海裡盡是妻子和小兒郎的形象，完全沉浸在離愁別緒中而無法自拔，不禁偷得李商隱《滯雨》詩半聯，口占五絕一首：

　　荒灘風雨夜，歸夢不宜秋。
　　冥想妻孥苦，枕藏萬頃愁。

2012年11月3日

摯情絮語

　　也許你以為，在團契舉辦的堅立婚約聖禮上，我只是沉醉在你的笑容與誓約中。是的，結婚幾十年，我才嘗到基督裡的你，給予我的吻是如此甜蜜。我被鮮花、歌聲、笑臉簇擁著，想像著有一天在天堂的日子就是如此，只不過那時我們不再是夫妻互相擁抱。

　　然而，今天更使我沉醉的是那愛心釀成的醇酒：失去配偶的大姐，用她那曾經送別親人拭淚的雙手，輕輕地為一個個新娘拾起婚紗，眼裡沒有絲毫的妒意；尚未論婚嫁的姊妹，為堅立婚約的賢伉儷們衷心祝福，嗓音裡滿溢喜樂；人生旅途中頗覺勞累的弟兄姊妹，全然忘卻自己的重擔，人前人後地忙著，為這一對對新人所作的見證，閃亮著幸福的淚眼，將苦思冥想化為基督家庭的金玉良言，甘露般滋潤乾涸的心田，為培育愛苗鬢際多添銀絲。

　　此情多濃，此愛多厚……我蕩漾在其中，心想，不知此時此刻你是否也感到，何必光盼望將來在天堂的日子，天堂不也就在這裡嗎？

2000年2月情人節後

老婆半個娘

小時候在鄉下，村上人夫妻吵架，總會來找我奶奶去勸，因為她是全村很有威望的老前輩，我最喜歡跟在她後面看熱鬧。吵架主要一方大都是男人，因此奶奶勸的主要對象也就是他們。記得奶奶常會親切地拍拍對方的肩膀，語重心長地說：「老婆半個娘嘛，你看她一天三頓伺候全家老小，還處處心疼你……」當時我對這話根本反應不過來，心想老婆就是老婆，為什麼還是半個娘？

長大後我結婚了，奶奶也早就去世了，我再也沒有多想這個問題。我們夫妻倆磕磕碰碰廝守半個多世紀，雖不敢妄談恩愛，然而現在終於越來越體會到奶奶這句話的深意，而且越咀嚼越有味，千真萬確，我的老婆就是我的半個娘，儘管她比我還小三、四歲。

年歲越大她越不放心我，由於我患有高血壓症，還有腦血管瘤，因此她處處防我摔跤，盡量不讓我幹彎腰低頭活兒，深怕我昏倒甚至中風。牆上的掛鐘需換電池，她必定扶住我站上椅子慢慢操作，完畢後幾乎用盡全身力氣抵住我的身子讓我慢慢下來。雖然我每周都會小心翼翼地把降壓藥按日放進小盒子裡，可是每天早上她還是一再叮囑我服藥，因為期間曾經忘記過一兩次，這下可引起她高度警惕，從此每次總是她拿好藥、端著水站在我身邊，非得看著我吃下去她才放心地離開。這

跟慈母無微不至地關愛孩子有什麼區別？

　　大前年獲悉身在上海的二哥突然去世的噩耗，我悲痛不已，嚎啕大哭，是她把我摟在懷裡好言好語安慰，並建議我趕快寫封慰問信寄給未亡人二嫂，還幫我開了一張支票附在裡面。她因患口腔癌不能正常進食，只能使用胃飼管服用營養液，可是每次去超市她卻特別起勁，忙著為我買這買那，盡挑我喜歡吃的東西，以致我們家冰箱總是滿滿的；她看我吃得起勁，似乎她也覺得津津有味，還常常陪在我身邊幫我揀這挾那，當然，絕不允許我偷吃肥肉，連臘腸片上的一點點肥肉她都得親手撕掉才讓我享用。這可太像媽媽疼愛孩子了，特別善解孩子的心意和癖好。

　　我覺得妻子的這種愛與母親的愛是完全相通的，都極其純潔、無私。常言道孩子是媽媽身上掉下來的一塊肉，聖經又說妻子是丈夫身上的一根肋骨，這豈不意味著母子（女）原是一體，夫妻乃二位一體，彼此感同身受，心是相通的？由此可見「老婆半個娘」實乃天經地義，於情於理都說得通。這句至理名言竟出自一個大字不識的鄉村老婦之口，我的奶奶真是了不起，讓我這個忝為高級知識份子的孫子敬佩不已，自嘆不如。

2013年5月27日

永存的聖誕卡

經過兩次抄家，這張聖誕卡早已不存在了。也許在抄家之前，它就沒有被我保存好，因為太普通了，沒有我所鍾愛的聖誕樹、聖誕老人駕著雪橇、小鹿和禮物等可愛的圖像，只有結著小紅果的槲寄生（Mistletoe:通常用來裝飾聖誕節的一種植物）枝子，橫插在雪堆裡，兩隻紅鳥正安詳地站在雪地上，那麼平靜、安謐的一個世界，太沒有刺激性。但它卻永存在我的記憶倉庫裡，經歷了半個多世紀也沒有朽壞和褪色。

那是抗戰勝利後的第二個聖誕節，母親夾在禮物中給我的一張卡片。漫長的戰爭年代，我們娘兒三個一直在淪陷的上海，引頸等待我父親的歸來。好不容易把他盼回來了，可是隨著進門的腳步，帶來的卻是絕望的唏噓。

父母離婚那一年的聖誕節前，母親含著淚給跟父親結婚的那個阿姨的兒子包禮物。我年少不懂事，不願母親送禮物給那個孩子，惡狠狠地將包禮物的紙撕碎。母親只是輕輕地說：「他比你更可憐，不但失去了媽媽，連爸爸也遺棄了他，淪落在舞廳當Boy。送帽子、圍巾給他，擋擋風寒，這不應當嗎？」

隔了兩天，我發現母親在給我的聖誕卡裡頁上，用大大的字寫了一句話：「要愛你們的仇敵。」上過教會兒童主日學的我，明白她所引用的聖經，跟我前兩天的

情緒、行為有關。作為教導，這話固然不錯，若要去實行，實在太難了。難道我沒有一千個理由，敵視這破壞了我們家庭的女人，跟「愛屋及烏」一樣的道理，我難免「恨」屋及烏。為什麼母親不能理解我，反倒用這張卡來提醒我？一種反叛情緒，使我格外不喜歡這張既不吸引人、又使人感覺不到對我愛意的聖誕卡。可是就像所有的孩子一樣，可以忘掉母親無數次親吻的情節，卻忘不掉一次受責罰的情境。從此不管我是否保留，它永遠存留在腦海的一角，特別是母親在文化革命中去世之後，我更是忘不了它。

母親是「老運動員」，每逢運動必受審查，但母親從不埋怨牽連她的父親。對於那些屢次鬥爭她的人，她也總是說：「他們也是沒有辦法，上面要搞運動，不找像我這樣社會關係複雜的人，又能找誰？」

如今又一年的聖誕來臨了，母親離開我們也已經三十五個年頭。那張永存的聖誕卡，並沒有在我案頭陳列，卻一直繫在心頭。

2003年12月

遙祭

我心底深處有一祭壇，它常常空無祭物，甚至長滿了野草。可是當你拔起稀疏的草莖，會發現它的根鬚上還滲著水珠。難道竟有暗河在祭壇底部湧流而過？

那是一九四六年夏天的一個下午，天熱得連蟬也不願振翅鳴叫，弄堂外無軌電車懶洋洋地馳過，也聽不到平日裡起勁的叮噹聲。在一片寂靜中，正昏昏欲睡的我，突然聽得門外有明顯的煞車聲，接著驚聞外婆尖叫：「啊，你回來了！」誰回來啦？我急急忙忙衝下去，外婆還傻坐在離地面六七級的樓梯上，對著一位高高大大、既英俊又瀟灑、穿著西服的男子淌眼淚。「小囡快喊爸爸！」原來這就是我從未見過面的父親。

抗日烽火燃起，長沙大戰之後我就在媽媽肚子裡跟父親告別。現在這位爸爸回來了，我曾經上百次想像過跟父親第一次見面的情景，盼望他將我摟在懷裡，用鬍子扎我、親我，搔我的胳肢窩，笑著逼我叫他爸。然而並沒有，我倆陌生地對視，他行外國禮似的，只用嘴角輕輕碰了一下我的臉頰。七歲的我就像蟄居海底的海綿動物，對父母愛的吮吸，達到貪婪的地步，同時其觸覺也特別敏銳。我馬上捕獲到了父親的失望：聰明的兒子在路途上染傷寒身亡，換來的竟是這樣一個醜丫頭，可惜啊！

以後的日子裡，我雖然跟父母親睡在一個房間，只

是格外地黏母親，不跟父親親近。然而我卻十足戀上了他的枕頭，這是一隻又蓬鬆又柔軟的鴨絨枕頭，外面套著雪白的府綢枕套，又平服又滑順。每次我將自己的小腦袋一靠上去，鬆鬆的枕芯就陷落，滑滑的枕套撫摸著我的臉頰，就覺得是爸爸用他寬厚的胸膛和雙臂將我圍起來，像媽媽一樣，以那柔和的嘴唇吻遍我的臉蛋。因此我最喜歡的就是枕著有爸爸氣味的枕頭做白日夢，這是何等大的福氣。

可惜好景不長，有一天我在這枕頭上入了夢鄉，待爸爸把我喊醒的時候，口水已經「繡」出了一朵小花。只聽得他用不高興的口氣對我說：「看看你弄得這麼髒！以後記著：不要用我的枕頭。」哪有這麼便宜的事？你愈不叫我用，我愈要用。問題是過去用高級部位的臉來享用，現在卻換了低級部位的腳和屁股來蹂躪。而且隨著我夜間醒來，聽得母親的嚶泣和父親低低的辯解聲的次數愈多，我的「武士道」精神也就愈足。只要父母一不在，我就把爸爸的枕頭當作「壞八年」的替身，肆意用屁股和小腳來對付它。睡夢中被驚醒的孩子，沒聽確切也不理解父母的談話，但我卻懂得一點：爸爸無數次重複的「八年」這個詞，就是我們家災難的起源。

終於爸爸又要走了，我問媽媽他還會回來嗎？回答竟然是搖頭，但她含著淚說：「爸爸還是愛你們的。」我無法理解這話的深意，既然父親是愛我姐妹倆的，那可得留住他的愛，於是就想跟爸爸說讓他把枕頭送給

我。然而直到他動身，都沒勇氣提出這要求，為的是怕遭到拒絕，那就證明媽說的也是謊話。看著這位將離去的父親摟住姐姐親了一陣，我卻再沒讓他親，只是突然很後悔，怎麼昨天沒想到：把爸爸的枕頭藏起來？在匆忙中，他來不及去翻找，說不定就把它留下了。只是從此以後我改變了枕著枕頭做白日夢的習慣。

　　四十八年後，我已從大陸移民美國，並應某會議之邀到了臺北，第一次去給葬在陽明山的父親祭奠。沒有香燭祭品，也不行灑酒跪拜之禮，只我孤身執一束鮮花坐在墓地的邊沿。這是清明節後的第五天，掃墓高潮已經過去，墳塋都像重新妝扮過那樣，既整潔又寧靜。雨後的天空，遠處一片青黛色正在逐漸擴大，空氣中那股清新的氣息，使我忍不住深深呼吸了幾口，覺得整個腹腔都潔淨了。望著那塊沒有一個子嗣名字的爸爸的墓碑，我心裡雖然有點空蕩蕩的，但並沒有怨恨、苦毒、內疚和遺憾，就像那清澈的天色一樣。

　　……只記得文化革命中的一天，姐姐和我突然收到瑞典一位遠親，託她香港朋友給我們帶來的口信，說父親已經幾次中風，自知餘日不多，希望我們能給他寫封信。寫信？休想！父親離開我們之後，不久跟他再婚的妻子由菲律賓到了臺灣，他們沒有孩子，但我們父女之間由於種種原因，毫無通信聯繫。我愈長大就愈要切斷這一倒霉的「臍帶」：媽媽至死都因父親的緣故揹著「特嫌」的包袱，因此我絕不能讓自己的孩子，再淪落

到我那「另入花冊」的悲慘境地。至於我那一輩子只見過幾天面的父親，活該讓他在永遠閉目前，嚐嚐自己釀下的苦酒。不久據悉父親去世，我心中卻只有報復的快感，這就是女兒為他準備的心祭；而父親也留下這座沒有刻下後嗣名字的墓碑作為無言的控訴。

當我在父親的墓畔就坐的時候，我已經在美國生活了六年，期間接受天父入住心中，他使我懂得了愛和饒恕，認識了人的本性並沒多大差別：父親當年強調八年離別，是他感情背叛的歷史背景，不顧及妻兒的感受，放棄責任；二十多年後他的女兒也突出海峽兩岸的隔離，是我仇視他的政治環境，不顧垂死者的感受而施行報復。我不禁問自己：這些惡果難道單應怪罪那離亂的社會背景嗎？

俯瞰陽明山墓地到處松柏成蔭，給人一種可以歇息、安寧的感覺。細看長在向陽和背陰處的這些長青樹，它們的顏色和高度有些許差別，但依然都能令人感到寬慰、愉悅，也沒有哪一棵為自己提出辯解。但人就不一樣，中國典故中有「橘化為枳」一說。《晏子春秋‧雜下之十》記載：「嬰聞之：橘生淮南則為橘，生於淮北則為枳，葉徒相似，其實味不同。所以然者何？水土異也。今民生長於齊不盜，入楚則盜，得無楚之水土使民善盜耶？」聯繫前後文看，雖是問句，答案卻是肯定的。從這些善辯的策士起，人們都好用這典故來作比喻，說明人是由於環境的影響而品行變壞的，我父親

和我豈不也是如此？不過是其門徒而已。結果無論老少都在這種說詞推托下，將個人自私、放縱、好記仇的罪性隱藏起來，把復仇的理由美化得振振有辭，從不肯自省，而將個人的責任推給社會、形勢，真是好可悲！

那塊水墨畫中的青色已經擴大成一片藍天，我將鮮花插進了墓前的花瓶，接著灑了些水瓶中的飲水，希望它們能多陪伴父親幾天。抬頭凝望他的遺像，希望將他銘記在心，因為我怕也許有一天我倆相會在天國，卻彼此都不認得。

又十年多過去了，我再沒機會去臺灣為父親上墳，這空的祭壇卻常常湧上心頭，就乘這情河波浪翻騰之際，寫下此文作為遙祭。

2005年元宵節

爺爺的肩膀

戰亂中見平安

　　一九三九年夏的上海，熱鍋似的街上少有行人，只有無軌電車還在「噹噹噹」地行使著，使人感到這座被日軍佔領的城市還算活著。上燈以後路旁聚滿了「人蟻」，手執蒲扇跟殘餘的炎熱、蚊子搏鬥。在灰暗路燈的黑影裡，誰都不需要顧及斯文，全是短褡衣褲。與眾不同的是一高個老先生，總身穿白麻布長衫，肩膀上伏著一個幾個月大的嬰兒，來回散步，嘴裡輕聲哼著歌，手拍著這個不停啼哭的毛丫頭。不斷有鄰居問起：「方家伯伯，小囡全身的熱癤頭還沒退掉？真罪過！大人、小囡統統吃苦。」「是啊，這個世道啥人弗吃苦頭！」老先生嘴裡說著「苦頭」，可臉上總還掛著微笑，繼續著他的步履和對孩子的安撫。這一老一小就是爺爺和我。

　　爺爺原先住在杭州。日軍攻陷杭州前我的爺爺方桐生，任正則中學校長，兼基督教青年會董事，面臨的選擇是：留在杭州為日本人做事，還是流落他鄉做無業遊民？當時他才五十四歲，正值壯年，通英文，懂教育，在杭州是有頭有臉的人物，更是一名虔誠的基督徒。結果他服從神的旨意，逃出杭州，隱居上海，為長媳——

我的母親分擔責任。因爲長子清華畢業、投筆從戎，跟著國民黨軍隊轉戰南北，最後不得不將太太送回上海她娘家生產。由於在母腹中飽受憂傷、不安，到了夏天嬰兒從頭到腳長滿了癤子，在床上根本無法安睡。爺爺爲了長媳不致精神崩潰，就特地到親家家裡去幫助照顧，天天晚上在路邊將我扛在肩上，唱詩、輕拍、安撫，整整四個月，他的肩膀讓嬰兒的我體認了什麼叫平安。

我的癤子痊癒後容易帶了，爺爺跟我拍了一張照，就帶了他的小女兒，又輾轉千里吃盡苦頭，先後到了重慶、昆明，跟他三個尚在求學的兒子會合，以嚴父兼慈母的身份，幫助他們完成大學學業，走上新征途。

離亂中見真愛

抗戰勝利後一九四七年春，爺爺回到上海，我見到他竟一點不陌生，說了一句誰也料不到的話：「爺爺，爸爸走了，他不要我們了。」面對八年離亂創傷的家庭，爺爺什麼話也說不出來，第二天就帶我去故鄉杭州。在映山紅鋪滿的群山疊巒間，柳桃相映的西子湖畔，爺爺牽著我的小手，有時又將我扛在肩膀上，「耶穌愛我也愛你」的歌聲有時蒼老，有時清脆。這時天地間似乎只有人子在前面引路，後面跟著一位耆老和一個女孩。我領略了什麼是天父創造的世界，什麼是耶穌的愛，望著我眼中的光芒，爺爺清楚耶穌已用真愛抹去了孩子心中的憂傷。

一九四八年末國民政府陷於劣勢，爺爺又一次面臨人生重大的抉擇：是跟六子去臺灣呢，還是跟大部分兒女留在大陸？後來我訪問臺灣時，曾聽六叔說他最大的遺憾，是沒能強迫父親來臺灣。我的回答卻是爺爺自己一定經過不斷禱告，才作出如此重大抉擇，他從來沒有遺憾。是的，如果爺爺去了臺灣，跟著發達的六子會有享不盡的榮華富貴，但他毅然留下，像隻母雞遇到老鷹的威脅，他會盡可能用翅膀保護自己較弱的後代，儘管他已年邁。

在以後的三反五反運動中，我母親被打成貪污份子，不認罪就不讓睡覺。在幾乎被逼瘋的情況下，爺爺帶了她最愛吃的水蜜桃去探望。公司領導不讓見面，他就坐在門口不走，像一座雕像矗在那兒，磨得對方不耐煩了，才見到人。雖只說了一句話：「我相信你不會貪污，因為你是神的兒女。」就這句話，竟鼓勵了萬念俱灰的長媳活了下來。爺爺還拿出畢生積蓄讓五媳動大手術，徹底治癒血漏痼疾，挽救了五子一家。爺爺主張每家都有孩子，只要有愛，自己生的、領養的都一樣，為此他竭力促成小兒子領養了孩子，讓他們一家勃發出生氣。

病痛中見喜樂

做完這三件事，爺爺似乎放下了肩頭的重負。一九五二年底，他中風臥床，恢復得最好的時候也不過

能坐在床邊的籐椅上。雖然手腳不便，說話不太清楚，頭腦卻依然清晰，臉上仍保持著平安的微笑，絕不因自己的病對小輩或侍者抱怨和發火。我只見過一次他真的發脾氣而且哭了，那是大姑媽不知爲什麼埋怨他偏心。爺爺聽了氣得脹紅了臉申辯道：自己所以在妻子過世後一直沒娶，主要是怕傷害兩個女兒的感情。他可能是對老實的大女兒缺少點關心，因爲他一直覺得她懂事，希望能幫他挑擔。他有時實在很累，但又能對誰訴說，只有向神傾訴。爺爺在病榻上躺了八年，多漫長的歲月，向來好動、堅強的他長期蝸居在斗室內該多憋屈！然而一個心中有神的人，在病床上也能有盼望、有平安、有喜樂。

　　一九六一年元旦我與濟民成婚，這之前一周我帶他去看爺爺。爺爺很安詳地坐在籐椅上，手顫抖著塞了一個紅包給我，說面有二十元錢，是爺爺的一片心意。當時大陸與臺灣不通郵，國內各房都沒多少錢可以孝敬他老人家，這錢還不知是怎麼積攢起來的。我上前伏身緊緊擁抱著他，爺爺的肩膀已經很瘦削，卻依然有力，乘他不注意我將紅包塞回了他的口袋。爺爺經過禱告，一定已經清楚了神的旨意，相信將來濟民會成爲神的兒女，所以放心地將我交在他手中。心愛的孫女結婚了，爺爺最後的負擔也從肩上卸下，就在我結婚的那天清晨，他一聲不響，安靜地上了路，回到主的懷抱。在追思禮拜中，我們唱著他最愛的聖詩《耶穌恩友》，大姑

媽哭得最傷心。

今年父親節聽詹牧師講道，感觸萬千，寫下此文，
以紀念爺爺有信仰、充滿愛的一生。

2010年7月

放風箏的聯想

　　暑假的第一個周末，鄰居們都攜大帶小地出去遊玩，我們老兩口也跟著兒子、媳婦去公園放風箏。

　　在平整的綠氈上，兒子帶著風箏跑了一段路，這邊我老伴悠悠哉哉地把線放開去，霎時風箏便乘著清風升上了天，自由地輕旋曼舞。孫女涵紓在地上緊跟慢追，嘴尖叫著，揮動雙臂，腳跟高高懸起。風箏一落地，她便趕緊跑去撿起，原以為她馬上會把風箏再度撒出去讓它飛起來，誰知她卻學他爸爸的樣子拔腿跑將開去，用一隻手將風箏緊緊摟住，另一隻手臂高高舉起。我們連連喊她：「紓紓，放開手，把風箏放開！」她卻什麼也不理會。突然我懂孩子為什麼不肯放手，她是盼望藉風箏的力量飛起來。

　　是啊，想飛是人的天性，為了飛翔，幾個世紀以來多少科學家、實驗家寧失敗千次，也不放棄這個理想。這就難怪兒子將風箏從孫女懷裡釋放上天的時候，她非但不像起先那樣高興大叫，反而委屈地哭了起來。望著嚎啕大哭的孫女，兒時的記憶頓時復活了過來。

　　我出生在上海，也長在上海，從小生活在繁華大城市，照說很少有機會享受放風箏的樂趣。可是上帝卻安排我家頂樓有一個大平曬臺，又賜給了我一個在高中念書的小舅，於是放風箏便成了我生活中最大的樂趣。其實說「放」並不確切，因為至今我並不擅長放風箏，準

確地說，應在「放」前面再加上一個「看」字，因為「放」的表演者是我小舅，我只是一個永不疲憊的「觀眾」。

為了怕風箏纏上電線出事，小舅放的風箏都是個頭不大、飄帶不長、體質輕盈的，瓦片風箏約佔了百分之九十，因小舅自己能紮。而且在放風箏的問題上，我永遠將小舅的意見奉為聖旨，他說放風箏的樂趣不在於比賽風箏的漂亮與花式，而在於放的人充分感覺到你手中牽引的是個有生命的活物，有著自己的意志、精神，不畏懼強勁的清風，卻能駕馭它，與它抗衡。真會放風箏的人要順乎自然，能放能收。這些話小舅說得挺認真的，對於當時的我來說，自然並不懂得其內在的涵義，只是為此對似乎是「滿腹經綸」的小舅，更佩服得五體投地。

看放風箏實在很有樂趣，面對那個自由翱翔、勇敢翻騰的小竹紙片兒，可以百看不厭，遐思萬千，不斷給它們排號、取名、編故事。

每逢放風箏的季節，我跟小舅兩個在屋頂曬台上，他放他的風箏，我編我的故事，居然可以一兩個小時相安勿擾，誰都不出一點兒聲氣，最後總以我講一段故事結束。小舅起先稱我「乖囡」，以此讚揚我常捐獻零用錢讓他買糊風箏、放風箏的材料和用具，後來卻改稱我為「怪囡」，一個能靜坐、遐思，胡編「飛」和「找」故事的孩子，對這稱號來說，我實在也是當之無愧的。

有時我從同學家回來，小舅會報告說，「怪囡，今天花阿四冒險去了（斷線了），跟他爸爸相約在美國相會。」也實在想不到這些無意亂編的話，居然講中了我們的部分命運。

　　小舅如今已是退休了的六十多歲的老頭。半年前我給「家園」寫了篇《貴在親情——記小舅來美》，其中曾記敘了他大半輩子坎坷的生活。我常想小舅當時若很用功讀書，多背些英文生字，多記幾個化學方程式，並不能改變他今後的人生道路；但他在放風箏時所領悟到的某些人生道理，也許倒多少幫助他度過了後來艱難的時日。他雖一生想「飛」，卻絕不能駕馭「清風」——命運，然而始終能以樂觀、淡泊的心情來對待人生的悲喜劇，順乎自然，能放能收。所以我總是那麼敬重小舅。

　　現在小舅已結束在美國的訪問回北京去了，願上帝與他同在，保佑他永遠幸福、平安。

1995年8月1日

金絲捆綁的枕木
——憶往事悼禮模

　　禮模匆匆走了。去年春節前他和子女方鈞、方敏一起趕來上海，參加濟民和我的金婚紀念，竟成了我倆的訣別。他離開上海時我們曾相約：下次我回大陸，一定去杭州、天臺，讓我們在歸天家前姐弟倆再好好聚一聚。誰想到……，在搶救期間我一天一個國際長途打給敏敏，希望她能抓住他生命的最後時刻，告訴他幾句重要的話。我真後悔，該早些去天臺的。唉，人生總是踩著遺憾過去的。想到這裡，我與禮模一生相處的點滴，不禁都湧上了心頭。

出生在充滿愛的家庭

　　我倆的祖父是杭州一所中學的校長，虔誠的基督徒，曾是杭州基督教青年會的負責人之一。日本人佔領杭州之後，為了不願給日本人做事，他便逃到大後方。抗戰勝利後我母親帶了我，去南京看望爺爺和五叔五嬸，這是我們姐弟第一次見面。禮模給我的第一印象是：一同參觀動物園時，一隻調皮的猴子隔著鐵絲網，伸出爪子來摘我頭上的蝴蝶結，嚇得我閉上眼睛大哭。突然感到有一隻柔軟的小手，在我臉上輕輕地擦眼淚，睜眼一看，原來是大頭、大眼睛、大酒窩的堂弟禮模。

當時我們都不滿十歲，他比我小一歲。

　　一九五〇年一月我從上海中西女中轉學到南京，伴隨在金陵女大上學的姐姐在該校附中讀書。是時農科出身的禮模的父親，長年在江南農村工作，五嬸只得帶了三個孩子在南京，先住在新街口忠林坊，後搬到鼓樓黃泥崗。我母親當時在上海工作，有愛心的五嬸就把照應我們姐妹倆的責任擔下來。

　　五嬸愛自彈自唱聖詩，燒得一手好菜，雖患有嚴重的婦女病，每周末仍勉力為我倆以及姐姐的兩位好友，準備豐盛的晚餐。我看到過很多頗有教養的父母，為孩子在席上的表現丟盡了臉，這不奇怪，人性赤裸裸的表現嘛！但這三個孩子各相差兩歲，在母親做的香噴噴的菜餚、點心前，那麼有愛心、有禮貌，這可不是一般說教的結果，而是從小家中就有愛的榜樣，長年受著愛的陶冶的結果，他們養成了忍耐、謙讓的品行，懂得尊重別人，愛護別人。至今我想起那一幕幕，還為我們這些不懂事、見了美食只顧埋頭大啖的姐姐們汗顏。

　　忠林坊住房內樓梯轉彎處有一個小小的閣樓，沒有門，一邊是斜面，一邊是平板，可擱箱子，總共不過兩平米，這小而隱秘的地方特別能引起孩子的好奇心。我們四個蘿蔔頭從六歲到十一歲，常常會一字排開，彎著腰（因為無法伸直）蜷曲在裡面。想想看，只要有一個好鬥的，就會有人從擱板上掉下樓梯滾下去，但我們是那麼的融洽友好。

記得我喜歡自編故事講給他們聽，禮模愛講聽來和自編的笑話，他那一笑一汪的大酒窩給我留下很深的印象。二弟禮楷常大展歌喉，三弟禮栗年紀小，講不到兩句就說：「沒有啦！」作為大哥的禮模總帶頭給予鼓勵性的掌聲。他們三兄弟，哥哥愛護弟弟，又有威信，從沒有三人打成一團的事。當我自己做了母親育有兩個男孩時，才知道兄弟自幼友愛相處、相互照顧是多麼的不容易。解放初期那幾年政治運動不多，人跟人的關係單純，這可是我們的金色少年時代，永誌不忘。

辛勞的「供需官」和「特使」

這以後我們有二十多年沒見面。先是我母親被打成特務、反革命，接著五嬸又被打成右派，政治風浪讓我們招架不住，各自漂流。再次遇到禮模已是「四人幫」倒臺後，他也許是通過親戚得知我在華東師大中文系任教，便與我聯絡上了。我是幸運兒，一九五六年乘向科學進軍之風擠進了大學；他隔了兩年也算幸運，考進杭州大學接受高等教育，他兩個弟弟成績都好，卻礙於後來的政治形勢，未能上大學。

其時我母親已在文革中受迫害致死，他母親還沒有平反。通信中我獲悉他已在天臺街頭鎮落戶，安心當中學教師多年，娶了一位當地姑娘。從照片上看他倆相貌、文化水平等方面似有差距，但我很理解、很欽佩禮模做出這樣的選擇，因為他說「她樸實、勤勞」，還有

當時人不敢說出口、也難以形諸筆墨的話：「我們是真心相愛」。是的，在那艱難的嚴冬，最心疼他、真正給了他溫暖的確是他的愛人廣東。我們那個時代的人都看過電影《牧馬人》，深為男女主人公的遭遇感動，其實能將禮模、廣東相戀、相守的故事寫出來，一定不比這部影片遜色。

此後寒暑假、春假期間，禮模有時會遠道來看望我們。濟民和我雖都是大學教師，每月也只有六十元工資，孩子小常生病，月月入不敷出，有時不得不拿省下的糧票去換雞蛋。禮模看到我們的拮据，每次都帶來大包小包的乾貨、鮮食：筍乾、乾菊花、蜂蜜、橘子等等，說是土產不用花錢買，但我知道這裡面有多少他和廣東的血汗。

有次暑假他看到我們的草席破了，補了又補還在用，於是下次就送來一床竹篾席。那時還沒有出租車，他得扛著這又大又沉的一卷，擠長途汽車又換公共汽車。看著他滿頭大汗我真心疼，說好以後再不准幹這種事。結果第二年暑假他又扛來一卷，說是我家還有一張大床，也用得著，否則他心不安。在幫鋪席子時，他又發現我倆睡的棕繃床是用爛麻繩修補的，便笑著說：「像破漁網一樣，兩人攏在一起親熱倒是親熱，可怎麼睡得安生？」二話沒說，兩個月後他又扛來了一捆捆棕繩，叫我找個工匠把床重新繃一繃。

睡在重新繃過的床上，我反倒睡不著了，這才發現

濟民也在輾轉反側，他輕輕在我耳邊說：「禮模有情有義，是方家最有愛心的人。」我想回報禮模一點點，可每次都得打上一架，最後只得偷偷塞進他的行囊。禮模就是這樣一個心中永遠裝著別人、不求回報的人，對我們家來說更好比是位清廉的、你有「需」他必「供」的「供需官」。

禮模也有自己看重的東西。當時我大兒子就讀的華東師大二附中，是全國重點學校，禮模每次來都很關心他的功課，在給予指點和輔導的同時並約好：物理課每一冊課本、習題簿，每一次小測驗、期中期末試卷都要收好，不需用時就由舅舅他悉數收去，帶回學校作教學參考。待到高三，物理複習資料、模擬考試題，禮模更是如獲至寶。我瞧他一邊看、一邊輕輕抹平被挺兒弄得皺巴巴、髒兮兮的試卷，以及破破爛爛的練習本，把它們疊好、整理好、捆好那副專心致志的樣子，不禁心裡暗嘆：天臺中學的學生啊，你們是有福的，方老師為你們把整個心都擺上了。

挺兒一九八〇年考上了上海交通大學應用物理系。在那個年代因李政道、楊振寧在中國招研究生，為年輕人打開了一道門，物理成了最吃香的專業。後來挺兒也有幸被美國名牌大學接受攻讀研究生。這是禮模完全估計得到的。當他拎著沉甸甸大捆小包的課本、練習簿、試卷高高興興回天臺時，那飽經滄桑的臉上笑開了花，因為他自告奮勇為學生做了「特使」，遠道取得名校授

業解惑經——打開智庫的鑰匙，這把讓他們也有可能走出天臺、跨出國門的鑰匙。

鴻雁往返姐弟情深

改革開放後讓我有機會通過英語考試，成為美國哥倫比亞大學東亞系訪問學者。一九八三年家在臺灣的六叔、六嬸來紐約探望，我這才知道在大陸的方家人個個倒霉，是因他們的女兒嫁給了蔣經國的小兒子，這是我們以前聞所未聞的。待到國內政治大環境有了變化，方家竟成了政協委員、人民代表家族。雖然過去我們個個都愛國也賣命工作，似乎只有這時才結了果。然而我遇到禮模時誰也不提這新冠冕的名號，我們依然還是平頭百姓，因為我們的「愛是不自誇，不張狂，不作害羞的事，不求自己的益處」。

一九八八年歲杪濟民和我一起赴美探親，想服侍好媳婦坐月子，然後就抱著孫子回國。誰知翌年六月一場震驚世界的事件，使我們決心留在美國。禮模對此沒說一句話，因為我們的心是相通的，他能理解我這顆心，就像我寫的長篇小說《大洋彼岸的情種》中的主人公，愛是不作害羞的事，如情種那樣即使深埋在心底，也會發芽長大。我有一段時期沒寫信給他，生怕來自美國的信會連累他。

等濟民和我經過一段時間打工，重又雙雙回到大學講壇，在美國大學教授漢語和中國文學時，我又給親愛

的弟弟寫信了。就這樣鴻雁往返，每年通信雖不過一兩封，卻有說不完的話，牽掛不完的心事。他的來信總是寫在那種最薄的信紙上，為了怕超重，字很小，密密麻麻兩頁，讓我知道他的境況：怎樣蓋起了新屋，怎樣將母親、廣東的親生父母和養父母都接來供養，怎樣退休又退而不休，為孫輩奔波於杭州、天臺之間，怎樣接待了兩次老同學聚會……他可謂是個開足了發條的人。

　　按當下社會標準來看，他實在不必如此勞累。兄弟姐妹間將父母當皮球踢來踢去的大有人在，可他是個大孝子，又是個仁慈的大哥，鑒於二弟、三弟家都有癌症病人，他願挑重擔。五嬸這可憐的老人該享福了，卻不幸罹患老人癡呆症，大小便失禁不說，還經常亂藏穢物，將新屋搞得臭氣熏天。另外幾位衰殘的老人，當然也得精心服侍，直到把他們一個個送走，其間辛勞難以想像，他卻總是輕描淡寫。為兩次老同學聚會他和廣東忙了兩三個月，上山採野菜和野菊花，醃肉，製作各種食物，準備禮物，傾其所有勞心勞力。通過他信上的描述，我能想像出他們是如何開開心心地幹這一切，他就是赤誠心、勞碌命。

金絲捆綁的枕木

　　二〇一一年一月底濟民和我回上海，禮模和我重又相聚，畢竟有二十多年未見面，我們都老了。禮模雖然還目光炯炯，酒窩深深，在老年人中算得神氣的，但背

已經駝了，年復一年的重擔不能不留下殘酷的痕跡，臉上也滿是歲月犁過的溝壑，只是笑容依然燦爛、坦誠。

在金婚紀念酒席上我做了見證，講述癌症怎樣奪走了我三分之一的舌頭，放療又損傷了我的食道、聲帶和會厭，使我不能吞咽任何食物和水，使我話講不清，不得不提前退休，十年來依靠胃飼管為生。但我雖行過死蔭的幽谷卻不怕遭害，因耶穌與我同行，賜我新生命，能喜樂地與親友重逢。禮模聽後激動地跑過來，緊握我的手久久不放，沒講一句話，我相信我的話他全聽進去了。兩天裡我們在親友的圍聚中笑談人生，交換禮物，享受親情，沒想到這竟是我們最後的會面。

我再次見到他是在我家的電視屏幕上，方敏將一盤錄像捎給我，它將我又帶到那些搶救他的揪心的日子。眼淚一直在眼眶裡打轉，因為我簡直不相信比我小一歲、平時健壯的禮模居然比我先走。視屏上年三十清晨天還沒亮，街頭鎮的居民有老有少，有男有女，從溫暖的被窩裡爬起來，為他們尊敬的方老師送上一程。長長的黑魆魆的人影，與送殯車的燈光合成肅穆、哀慟的人流，不斷地流淌，我淚水終於忍不住如雨傾瀉。一個平頭百姓，一位普通的中學教師，幾十年來這顆情種默默地生根在天臺的土地上，把他的雙肩當枕木，將他的學生不斷輸送出天臺，遠去各大城市，奔赴異國他鄉。當我讀到報上小悅悅的不幸遭遇時，曾覺得這塊古老土地上的人心差不多都「石化」了；如今我雖然痛失親愛的

弟弟，卻滿心溫暖，因為我看到愛得到了愛的回報。他雖走得早了點，但一個人完成了愛的使命就應算長壽。

愛不僅在積極行動中去傳遞你的溫暖；愛也是默默的忍受，在任何壓力下像枕木那樣，忍辱負重，將人們送到希望之鄉。這種枕木之所以能經久不朽壞，不腐爛，經得住壓力，因為它是用金絲捆綁的，這金絲就是愛。愛是不求自己的益處，愛是永不止息。

2012年盛夏

「開始」有感

五、六月是參加畢業盛典的季節，已聽到近十位父母談論這件喜事，十多年的寒窗換來了方帽與禮袍，自然這該是天下父母與兒女共慶的佳節。我們的長子挺兒去年秋季畢業於普林斯頓大學研究院，沒來得及趕上行禮，這在一心奔向新生活的他來說，根本是件小事，但對父母來說實在是件不小的憾事，於是便堅持要他今年申請補行畢業典禮。

普林斯頓校園Nassau Hall（納沙大樓）前的老樹，棵棵枝葉茂繁，至少有一二百年的歷史。在這樣溫馨、可愛的綠蔭下舉行盛典，真有特別的意義。

音樂聲中一千七百多位博士、碩士、學士戴著各色的方巾，喜孜孜地排隊入場。為了捕捉住這難忘的一刻，不少來賓站在觀禮凳上尋覓自己的親朋。我卻從來就有這本事，能在千百人群中很容易就找到自己的親人，這也許是「靜電感應」特別強吧！兒子正轉頭四望——他也很希望給我們更多的機會看見他，我一下就抓住了他那頑皮而得意的笑容，正如他無數次拿到好成績或獎勵，來向我們報功時所帶的熟悉的表情。

兒子在上海交通大學讀書時，有一次政治輔導員登門「告狀」，說他不尊敬師長，竟在實驗課上捉弄老師，為此系裡正考慮給予嚴重警告處分。作為父母的我們緊張得不得了，他卻帶著這樣的微笑解釋了事情的經

過。最後總算用檢討來求得「免於處分」，要不然戴了嚴重警告處分的帽子，在不滿二十歲的他來說，也許就會耽擱個十來年出不了國。閱世不深、尚帶童心的他，何嘗知道「處分」的厲害，要不然他也不會因看到老師用天秤的動作不靈活，而乘其不備數次「偷」吃秤盤上的食糖，害得近視眼的老師秤了又秤。

如今兒子已經長大，自己已有了兒子坐在我膝上，這頑皮而得意的笑容已愈來愈難得看到，瞬息之間，它引起多少難忘的回憶。

校長Shapiro（夏匹若）用宗教的形式，禱告感謝讚美神，開始這場畢業典禮。接著首先邀請來賓中畢業生的父母站起來。在熱烈的掌聲中，我和外子也緩緩起身，真的一點不感到自己有什麼可驕傲的，只滿心感謝神給了我們一個爭氣的兒子。我和外子在大學教書三十年，一生的積蓄只夠給兒子買一張飛機票和購置最簡單的行李。永遠不能忘記一九八四年聖誕節前兩天，虹橋機場鋪滿了白皚皚的厚雪，送走了不滿二十一歲的兒子，我倆的心全都冰凍住了。

兒子是一往直前地飛赴他的理想王國了，但等待著他的會是什麼呢？沒有錢，沒有父母幫他挑擔，這副重擔稚嫩的翅膀能承受得起嗎？只記得臨別時，他把緊緊抱住他不肯放手的我，重重地推了一下，臉上掛著淚珠卻十分堅毅地說：「放心，我會拿到獎學金的，一定會的，你們放心！」

　　兒子一到美國在Buffalo（水牛城）紐約州立大學上學，乘的是公共汽車。有次差點被埋在雪堆裡，就因為他沒錢買小無線電，沒聽到氣象預報說：特大暴風雪使全市交通癱瘓，學校、機關等一律關門，而他竟照常出門等公車。

　　轉學至普林斯頓大學之後，聽到不少朋友拿到碩士學位就找到了好工作，這也曾經誘惑過他。因為要成為博士，是一條多麼遙遠而艱難的路，哪一天不在實驗室泡到半夜？但世界就是多元化的，拿到碩士就工作，固然很好；有機會在名牌大學多讀點書，又何嘗不更好？問題是要有拼到底的毅力。如今他終於勝利地走過來了，我遠遠地又瞥見了兒子在博士行列中不多幾個華人中間，臉上還掛著那笑容。

　　校長和學生代表發言中，都強調這些畢業生有不同的背景，他們不可能消除他們之間的不同，但這兒絕沒有種族歧視的市場。我不懷疑他們發言時所懷的真誠，美國在建國之初就是要開拓這樣一塊領地，容許不同國家的移民來馳騁。然而作為一個中國學生要在這兒站得住，不但能謀生而且要成功，其間要忍受多大的壓力，這只有「冷暖自知」了。

　　突然，腦海中出現了一對年老無助、對著兒子墳墓哭泣的父母形象，他們攫住了我的心，使我無法擺脫，再也聽不見臺上的發言。黑魆魆的槍口，紅殷殷的鮮血，白髮人與黑髮人——盧剛、山林華、盧剛的父母、

山林華的雙親，頃刻間匯成一道險惡的「泥石流」……
我是那樣的緊張恐懼，以致冰冷的指頭緊緊抓住外子的
手。經濟危機魔影籠罩，方帽、禮袍下也難免露出狼的
尾巴與污穢的心。面臨重壓，人性的自私、懦弱、殘酷
往往更易暴露。「得意」轉化為「失意」後，那破壞力
便特別可怕，小則殺了自己，大則會搭上幾條性命。

　　我突然想起在英文裡Commencement（學位授予典
禮）另一種解釋是「開始」。是的，畢業是一道門檻，
這兒將開始新的搏鬥、新的人生。在這個畢業生將有三
分之一找不到工作的年代，願天下可憐的父母，在收起
因短暫的幸福而膨脹的心，又開始為兒女擔起新的憂患
時，能理解這道門檻，這個「開始」。讓兒女能通過他
們懂得愛神、愛人、愛生活，而絕不讓他們在新的競走
中揹上父母添給的千斤「沙袋」。

　　我們來這個世界就是來還債的，且兒女的債是一輩
子也還不清的。可憐天下父母都寧肯一輩子做還債人，
也不做討債鬼。願我們的愛心伴隨著兒女開始新的生
活，新的成長。

1992年6月

媽媽不該那樣做

前兩天在訪問某教授時，他隨口談到他家狗死了，在家的三個人都很傷心，且不敢告訴在大學求學的女兒，怕她痛哭、悲傷影響考試。聽完這話，我用了極大的勁咬緊嘴唇，才忍住湧到眼眶的淚水，怕他誤解我是為他家狗兒流淚。只得反反覆覆在心裡默念：原諒我，捷捷，媽媽不該那樣做。

我對不起捷捷不止一次，但越來越感到歉意，是來美國訪問之後。捷捷是我的小兒子，熟悉我的朋友都奇怪我的兩個兒子只相差五歲多，性格卻截然不同：大的健壯、開朗、大膽、敏捷；小的羸弱、沉靜、怯懦、滯緩。還有誰比作母親的更懂得自己孩子性格的由來呢？經過那麼多家庭變故後早產的捷捷，能不是一個白痴，我已經謝天謝地了。

體格瘦弱不靈活的捷捷，從小就是別的男孩欺負的對象。為了能給他幼小生命多帶來一點歡樂，我想盡了種種法子。有一次我從集市上買了一對小兔子回家，他果然把什麼玩具都丟下，只剩下兔子的世界。他為了區分兔兄弟倆，給大一點、壯一點那個取名小藍，另一個叫小白。這小藍和小白的性格就活像我家的兩個孩子。於是大兒子疼愛小藍，小兒子寶貝小白。一天大兒子外出，順手把小藍也帶出去向玩伴們「獻寶」了，小白失去了夥伴，越發膽小，縮在筐子裡既不跳也不吃。這下

急壞了捷捷，天黑了他趴在黑洞洞的窗口，眼巴巴盼著小藍快快回來給小白作伴，連晚飯也沒吃成。直到活潑的小藍回來了，小白又跳又吃，捷捷的小臉蛋上才恢復了笑容。

兔子一天天長大，我們全家四口人生活在原本作為集體宿舍的一間房間裡，本來已經夠擠的，再加上裝兔子的筐筐、養兔需用的工具和兔糞的臭味，我這才意識到自己闖了大禍，再不處理兔子，大字報要貼到門上來了。在家庭會議上孩子們堅決反對把兔子殺了，大兒子宣布他要帶小藍逃走，而捷捷只會抱著小白淌眼淚。我和外子這才意識到這樣會使孩子過分傷心，於是想把牠們送到集市賣了，對孩子們就說：小藍、小白已經離開媽媽兩個多月了，應該把牠們送回去與媽媽團圓。開始孩子們還是堅決不肯，後來捷捷聽我講了兔媽媽如何想念兒子的故事，居然幫我一起動員他哥哥，把兩隻小白兔「送回家」去。

小藍、小白的名字卻一直留在捷捷的嘴邊，他一直想念牠們與兔媽媽一起的日子過得好不好。直到五年級他的一篇作文「我童年時代的友誼」受到了老師的讚揚，在班上朗讀給同學們聽，記敘的就是兔兄弟倆，可見牠們在他生活中的地位，我這才深深感到對不起捷捷。

就在捷捷做作文不到兩個月的時間，一個大雨天的傍晚，我從窗口望下去，發現他只穿了一件襯衣，用外

套包裹著什麼，急急忙忙往家裡走。原來午飯後回學校的路上，他在垃圾箱旁撿到一隻小黑貓。小貓被淋濕了，身上直發抖，在教室裡叫個不停，妨礙老師上課。老師要求他扔出去，這個膽小的孩子居然反駁道：「那樣牠會被大雨淋壞、凍死的。」於是他懇求老師：自己脫下外衣來裹住小貓，並把牠裝到書包裡（還不忘記透個洞，讓牠能呼吸），放在教室門口。老師同意了。小貓暖和了居然也就不再叫，安靜地睡在書包裡。

捷捷給小貓取名小咪。看著這隻瘦弱、醜陋不堪的小貓，我簡直感覺不到牠有什麼可愛之處。鑒於前面小藍、小白的教訓，我知道我們的住房條件不可能養這些小動物，雖然這時我們已從筒子樓搬出來了，也還是不行，不如趁早讓他們分手吧。可是我望著捷捷那充滿了憐愛與期待的眼神，又狠不下心說扔了牠，結果小咪還是留了下來。每天在小主人的膝蓋上睡熟後，才移到牠的窩裡。而我們家那一平方米的陽臺便成了他倆的樂園，常在那兒對話、玩耍。

一天中午捷捷氣急敗壞、又哭又嚷地奔上樓來，原來小咪從五樓跌下來，摔在底樓人家的園子裡，捷捷放學回家經過認出了小夥伴的叫聲，爬進去把牠救出來。他擔心小咪從此成了瘸腿，晚上做功課也不安心，老問我哪裡可以給小咪看病。我靈機一動，想到隔二百多公尺外一幢小洋樓的三樓上，不是住著有名的生物系張教授嗎？我介紹了他的住處，但接著說：「媽媽要備課沒

空陪你去，你要去就自己去吧。」我認準了膽小的捷捷不敢獨自走夜路，摸到一幢從來沒有去過的大樓，去找一位從來沒有見過面的教授，我這樣不正好搪塞過去嗎？

誰知約莫過了半個多小時，捷捷眉開眼笑地跑來告訴我：他已抱小咪去找到張爺爺。張爺爺說貓的骨頭和腳掌構造都比較特殊，小咪的瘸腿最多兩個星期就會好的，還說張爺爺很和氣地和他講了話，還請他吃了兩塊糖。看著他喃喃地和小咪說道：「你不會變瘸子，人家不會罵你又黑又瘦又瘸。」我突然明白了這膽小的孩子突發的勇氣來自哪兒。

小咪長大了，就在這二十多平方米的屋子內上竄下跳，我們又沒時間、條件去為牠搞貓食，牠常免不了偷食，還不時把鄰居的畚箕搗得一塌糊塗，我怕人家會討厭，影響不好，很想把牠送掉。恰逢鄰居在鄉下的老家想養一隻貓捉老鼠，於是我又來說服捷捷。可是這次說回去看貓媽媽不行了，他回嘴道：「小咪沒有媽媽在鄉下，有媽媽也是個壞媽媽，是她把牠扔到垃圾箱裡的。我把小咪撿回來，牠就認我做爸爸。」我只得又想一計，說小咪在這兒太寂寞，牠要到鄉下找夥伴、結婚、生小貓。想不到「寂寞」兩字竟然打動了捷捷的心。經過幾天與小咪的對話、商量以及激烈的思想鬥爭，他終於答應鄰居把心愛的小咪帶到鄉下去，條件是：（一）絕不打小咪；（二）暑假他要和我一起去看牠；（三）

生了小小咪，要再送回來給他養。於是他從小咪身上剪下一小撮毛，裝在火柴盒子裡做紀念。

　　鄰居帶小咪走的那天，捷捷飯也沒扒幾口，就去精心佈置小咪的籃子，使牠透氣、舒服，還裝了點零食。小咪被捉進籃子去以後，似乎也懂得了這是牠與小主人的生離死別，拼命叫個不停。這叫聲就比貓爪抓在心上還叫捷捷心痛，他抽泣地把牠送到了車站。等車子開動了，突然他掙脫了我的手，拼命追趕公共汽車，大聲哭嚷道：「小咪，我的小咪！」我從來沒看到過沉靜的捷捷這樣動過感情，我又一次傷了他的心。

　　自此每逢鄰居自老家回來，捷捷總要去她家攀談半天，打聽小咪交朋友、結婚、生孩子的情況，知道小咪在鄉下很受寵愛，他似乎也就得到了安慰。但回來後總要對著他抱著小咪拍的照片，怔怔地站上半天。也真不巧，小咪不久因誤吃了放過農藥的食物（鄰居毒老鼠的）死了，牠生的幾隻小貓也都被搶著分光了。只見捷捷在他房裡，把小咪用過的一塊布，他為牠畫的一幅畫和裝在自來火盒裡的一撮黑毛，一起裝在一個盒子裡。又找來一根狹長小木板，上面用毛筆歪歪扭扭地寫著「親愛的小咪的墓」。我撫摸著捷捷微微抽動的雙肩忍不住自己的淚水，我需要淚水洗滌自己心靈的殘酷。原諒我，媽媽不該那樣做！

1983年5月

綠豆湯的甜酸苦

　　九月初在紐約華人文教中心，跟琦君和她的夫君李唐基先生第三次相晤，並在一起用膳。琦君先生跟我都是浙江人，一提起杭州就會有談不完的話。

　　自助餐最後，李先生體貼地為琦君先生取來了一盒綠豆湯，小心地打開了盒蓋，勸她快嚐一嚐這別有家鄉味的dessert（餐後甜點）。一湯匙進口以後，她對這冰凍綠豆湯讚不絕口，趕緊要我先生也去取兩盒來嚐一嚐。大約是天熱口渴之故，這家製綠豆湯比什麼美國飲料都受歡迎，一下就被眾人搶光了，我先生只得空著兩隻手跑回來。琦君先生就是希望佳餚要能與朋友分享，因此為自己已經喝了幾口，再不能分給我倆而後悔得什麼似的，彷彿綠豆湯喝到嘴裡也頓失了甘甜。

　　誰知我就是福氣好，等我去取飲料時，發現不知什麼人又將兩盒冰凍綠豆湯送還原處，就好像是老天爺特意為我們夫婦倆預備的。看到我倆都笑容滿面地品嚐綠豆湯，琦君先生這才欣喜而安心地享用她自己的一份，並滿意地說：「今天要不是這兩盒補到的綠豆湯，我會回到家都感到遺憾的。」一番誠意使我心頭與嘴裡都充滿著甘甜。回家路上，由這甜絲絲的味道引出一發而不可收的一連串回憶。

　　我從小就愛喝綠豆湯。母親習慣在綠豆湯裡擱些大茜米，它本身沒有什麼味道，但那鬆軟而雪白的一顆顆

大茜米，在淡綠的液體中顯得特別醒目而可愛。家裡沒有冰箱，她就用冰涼的井水把綠豆湯「冰凍」起來，不時換換井水。到我們喝的時候，倒也覺得並不比冰箱裡取出來的差多少。

母親自己說她也頂愛喝綠豆湯，往往她一邊為我們孩子們添著綠豆湯，一邊敘說著她幼年時候在西湖邊喝綠豆蓮心湯的情景。我雖不能常喝到綠豆蓮心湯，卻習慣把綠豆湯與西湖、與蓮心聯繫在一起。一喝起綠豆湯，就會聯想起一個在西子湖畔、柳樹蔭下欣欣然享用綠豆蓮心湯的小女孩，甚至出現了一種幻境，模模糊糊，不知道這小女孩究竟是兒時的母親還是我自己。

等我自己有了兩個兒子，母親早已溘然去世。我們夫妻倆雖都在大學裡教書，那時卻每人只賺六十元人民幣一月。到了夏天，買不起孩子們最嚮往的冰淇淋、雪糕等冷飲，為了給他們解暑，我就向母親學習，如法炮製「冰凍」綠豆湯。但大學的家屬宿舍區附近找不到井，因此用井水來「冰凍」是做不到了，就只有一次次地換冷水來給綠豆湯降溫。我開著汩汩的自來水，想起母親一次次汲井水，又端上樓換水的辛苦，腦際又出現那個在西子湖畔享用綠豆湯的小女孩的形象，心頭和嘴裡常滿溢著說不出的辛酸。

每次孩子們滿頭大汗地跑回家，一聽到我吆喝：「喝綠豆湯了！」便會急不可耐地端起碗來，一口氣喝下三小碗。有相當一段時間，大陸的綠豆與白糖都是定

量配給的。為了給孩子們籌劃夏天最便宜的飲料，我常常在歲末便託人到鄉下向農民買綠豆。綠豆很容易生蟲，一買來，不管什麼季節，我就得特別留心，揀個大晴天起個早，煮壺開水把綠豆澆一下，然後把它放在篩子上濾乾曬透，收在布袋裡。假如氣象預報不靈，沒有連著兩個晴天將豆曬得很乾，就還可能會生蟲；若不是收藏在布袋裡讓它透氣，那也可能還會搗出蟲來。為那些很難到手又很難服侍的綠豆，我也真操夠了心。

　　白糖更是大人一口也不敢吃地積攢著，可是要維持一個夏天綠豆湯的用量，總還嫌不夠，因此常常不得不買些便宜的糖精片來充糖用。這玩意兒是化學代用品，一次只能稍稍擱一兩片，而且必須摻上糖，不然就會發苦。

　　白糖是這等的寶貴，為了怕孩子們嘴饞時會空口吃糖，我常把它擱在最高的擱板上一個不引人注目的角落。有一次我煮好了綠豆湯，就趕去上課了，忘了擱糖精片和糖。回到家才發現兒子們找不到白糖，已經把一小包糖精片全部擱進了綠豆湯裡，結果自然只能將那苦得不能進口的綠豆湯全都倒掉了。望著小兒子吃不到綠豆湯傷心得眼淚汪汪的模樣，我只有眼淚直往肚子裡嚥。至於給冷的綠豆湯再加上幾小茶匙白糖，是只有在孩子們考試得了滿分時才特有的獎賞。

　　這次在美國探親滯留下來以後，去年夏天我興致勃勃地為孩子們從冰箱裡取出真正的「冰凍」綠豆湯，小

兒子竟然說：「什麼年代了，還喝這玩意兒？」一轉身就取冰凍橘子汁，一飲而盡，厚此薄彼之情顯而易見。我說起兒時他兄弟倆聽見我吆喝「喝綠豆湯了」那股子高興勁兒，老大只是平平靜靜地回答道：「我還記得！」小兒子卻圓睜著雙眼說：「還有這事？」有關綠豆湯的談話似乎難以繼續下去，我知道他們一個是怕我為那個年月傷感而不願多話，一個卻確實已經渾然不知了，他只記得自己在這兒打工的辛苦，而已全然不知那艱難歲月中父母的辛酸與痛苦。

　　但我因此再也提不起興致來燒綠豆湯了。只是在一次普林斯頓大學東亞系的聚會上，我喝到了美籍越南華人燒的綠豆湯，他們竟在甜湯中擱上我們只是在鹹湯中才擱的海帶，這使我感到十分驚奇，可說真的，味道還確實不差。聽說他們還習慣在綠豆湯裡擱些椰子汁，這就更叫我渴望能再度嚐嚐那別有南方風味的綠豆湯。

　　在美國第三次與琦君先生見面並一起品嚐冰凍綠豆湯，確是我終身難忘的，因此有股特別的欲望，想把它記載下來。正如朋友們所說，雖同在美國，卻各奔東西，各自忙碌著，有時也不免感到枯燥寂寞。只有在報上見到友人的文章時，才又一次嚐到「以文會友」的無窮樂趣。

1990年10月

含「疑」弄孫樂

一場大雪過後，門前彷彿蓋上了一層厚厚的白地毯。稚孫漢威打開門，眼看白茫茫一片，興奮極了，連滑雪衫都不穿就跨出門去玩雪。我一手拉住他、一手給他套衣服，總算他還聽話。於是我拿了鏟子鏟門前的雪，他立即奔過來搶我的鏟子，說要幫我忙。我明知他這個只有四歲的小不點兒難以勝任，但是盛情難卻，加之不忍心打擊他的積極性，就乖乖地繳了械。

他艱難地鏟著，雖然十分努力、十分認真，地上仍免不了留下不少殘雪。我只得手執硬掃帚跟在他後面一筆一筆清理，然後灑鹽。他還沒完成任務，看到我在灑鹽，突然興奮中心轉移了，立馬丟下鏟子表示要代我灑鹽，我二話沒說照辦。沒想到他打開了話盒子問道：「爺爺，為什麼要灑鹽？」我說雪怕鹽。他又問為什麼雪怕鹽？我回答因為雪碰到鹽就會化成水。他滿臉疑雲，追問道：「好好的雪，怎麼會變成水？」我一時愣住了，這個該用化學方程式才能說得清的問題，叫我怎麼跟面前的這個幼兒講得明呢？

從鄰居家的玻璃窗看到芳鄰正在看電視，我終於想到前天曾陪孫兒，觀看卡通片《西遊記》第十七集「三打白骨精」，便靈機一動回答道：「打個比方：鹽像孫悟空，雪像白骨精，白骨精經不起孫悟空三打，最後就變成了一堆白骨，雪鬥不過鹽，就變成了水。」他眨眨

眼睛似懂非懂，又豎起脖子問道：「爺爺，你知道白骨會不會變回來，再變成白骨精？」小傢夥的腦子裡裝滿了十萬個為什麼，而且思考特別迅速，這又難住我了。

白骨是白骨精的原形，能否再變成這個妖精那個妖精，這是卡通片創作的藝術思維即想像和虛構問題，無法從科學意義上解釋。為了把話說到底免得小傢夥再追問，我就果斷地回答道：「把它燒成灰，就什麼也變不成了。」哪知道這並沒能堵住他的嘴，「爺爺，說不定灰再會變成白骨的，你說呢？」這下我真得做孫子、他做爺爺了！

能有這麼個孫兒在身邊繞來繞去、問這問那，頗感欣慰又解寂寞。俗話說「含飴弄孫，老有所樂」。別人口中含的是「飴」即糖逗著孫兒玩，固然是一種樂趣；我口中含的卻是「疑」即孫子沒完沒了的疑問，不用我逗他倒好像是他逗我，發我深思，既可讓我檢測他的思維軌跡和能力，又可窺探他智力發展的水準，實在高興之至，自然就更覺得其樂無窮了。

2013年3月18日

第四章 良師益友助成才

　　有人喜駕雲霄車達頂峰，揮手狂喊；有人願做老牛、腳踩泥土、為他人做嫁衣，讓愛滋潤大地，沙漠變綠洲。

難忘講臺上一道道風景

　　大學四年，在教室裡聽課實際上不過一年，跟老教授們相處的時間就更短了，大部分光陰都無償地交給了反右鬥爭、大躍進、反右傾等一系列政治運動，然後就草草畢業了。這是我們這一代人的悲哀！

　　一轉眼五、六十年過去了，許多同窗好友帶著無限遺憾已離開人世，那些歷盡劫難的老教授更無法享受人間四月天了，然而他們在講臺上給我們留下的一道道風景，卻永遠鮮活地存留在我們的腦海裡。教之嚴、誨之深、愛之切，倘若連他們一年的課堂教學都沒有，那我們這個大學真是白讀了。

　　猶記得入學後第一堂課是中國古代文學史，由著名先秦文學專家程俊英教授開講。她穿著藍色掛子、藏青褲子登上講臺，十分端莊樸素，態度和藹可親。那堂課是從《詩經》切入正題的。「學習中國古典文學得從《詩經》講起，因為人類最早的文學作品是歌謠，中華民族也不例外，《詩經》就是我國古代第一部歌謠總集。既是口頭文學，我們學的時候就一定要吟唱，不『吟』就無法體會詩的滋味和感情。其實讀任何詩歌，都必須吟唱，也就是朗誦……」此後不管她教哪一首詩，總少不了親自吟唱。

　　《詩經》開篇《關雎》，程先生（上海人對女老師亦尊稱先生）認為編者絕非隨便將這首詩排列在全書首

位，古人認夫婦為人倫之首，普天之下所有道德的完善均需以夫婦之德為基礎，今天又何嘗不也是如此？所以講《氓》的時候，她聲情並茂，在講臺上像詩中棄婦似的邊走邊吟唱：「氓之蚩蚩，抱布牟絲……」抑揚頓挫，如泣如訴，悲憤異常，令臺下的我輩怎能不動容？

這不禁讓我們聯想到高年級同學說的，程先生早年受教於李大釗、劉師培、黃侃等著名學者，李大釗執導話劇《孔雀東南飛》時，曾指定她飾演劉蘭芝，她演得非常出色，「覺得自己就是無數被封建禮教害死的婦女冤魂」。無怪乎她會將《氓》詩講得那麼生動。而在現實生活中，她與夫婿張耀翔極為恩愛，張係中國第一代著名心理學家。

主講魏晉文學的是著名學者和翻譯家徐震鍔教授，精通英、法、德、意、俄、西班牙六國語言，且是世界語權威。他博聞強記，滿腹詩書，修訂《辭海》時特地把他請去，遇有語文方面的問題他均立即解答，被稱為「活辭典」。他在講臺上十分沉穩，濃眉大眼始終盯著面前的學生，倘若不轉身板書幾乎看不到他移動腳步；整堂課隨口旁徵博引，互相印證，卻極其嚴謹，字字珠璣，發人深思。

他說魏晉時代雖然社會動亂，卻充溢著生命的元氣，個性張揚無阻擋，思想十分活躍，文人雅士無所羈絆，因而出現了阮籍、嵇康、山濤、劉伶等一批風流倜儻、不拘禮法、清靜無為的文人，代表了「魏晉風度」。這

是一個了不起的時代，在文學上承前啟後，可以毫不誇張地說，這是中國古時一個光輝的文藝復興時代。

然後，他具體介紹、分析那個時期的代表作《世說新語》，認為該書乃魏晉風度之集中體現。先生研究漢魏小說久矣，考證、比對、鉤沉、註釋，不知花了多少功夫，其所著《世說新語校箋》、《漢魏六朝小說選註》，一直被公認為這類書的最佳讀本。

主講唐詩宋詞的是詞學家萬雲駿教授。他讀大學時師從著名詞學家、曲學大師吳梅，受其資助和指導，為嫡傳弟子。他講課的特點是非常投入，邊吟誦詩句邊體會意境，語態、表情似乎全潛入詩情畫意中，一時忘了臺下的學生。他不拘小節，衣著馬虎，冬天總是穿著那件舊藍布棉襖，誦讀詩句往往會長吁短嘆。

執教元明清文學由郝昺衡教授領銜，由於年事已高他上課不多，但學識淵博、為人謙遜，一口蘇北話，十分親切，給我們印像很深。他極為耿直，從不說違心話，如說海瑞是清官，直到文化大革命亦未改口，即使經毛澤東批發的姚文元《評〈海瑞罷官〉》一文已揭櫫於全國各大報紙，他照樣撰文給《文匯報》堅持自己的意見。早年他曾任廈門大學文學院長，與魯迅是同事且過從甚密，後又任暨南大學中文系系主任，是老教授中資歷最深的，誰都尊稱他「郝老」，我們也不喊他老師，都跟著稱郝老。

現代文學史原本由系主任、五四時代老作家、上海

作協副主席許傑教授主講，因領導決定派他去蘇聯講學，而改由著名文學評論家錢谷融先生擔任。錢先生很洋派，每次西裝革履，冬天還穿呢大衣。上課不久就會先脫去大衣，一會兒又脫外套，再就脫背心，像剝筍似的。他分析作品也像剝筍，一層層往裡剝，終於露出筍肉，作品的主題也就水落石出了。一部曹禺的《雷雨》，被他「剝」來「剝」去，其味無窮。由於他總是侃侃而談，同學們都覺得聽他的課十分親切而又輕鬆。他的文章寫得尤其漂亮，被系裡同仁譽為「中文系的一支筆」。

外國文學教學，法國文學由著名小說《紅與黑》譯者羅玉君教授主講；俄國文學由留蘇歸來的倪蕊琴先生主講；古希臘羅馬文學以及英美文學，則另請校外專家學者來當客座教授，可惜名字忘了。

執教民間文學課的是民俗學家、民間文學理論家羅永麟先生。是他把民間文學提到一個新的的高度，認為「用文字表現的文人文學，是顯現的，而用口頭流傳（無字之書）的民間文學，卻是隱顯的。隱顯的民間文學和顯現的文人文學（包括通俗文學）相結合，三位一體，相輔相成，結合得好，就形成一個時期的文學高峰，反之，就形成文學的低潮。」他以此為課題，直到晚年終於將他的研究成果形諸文字，即論著《論中國文學發展規律》，頗受學術界重視。

羅先生講課非常生動有趣，一口川腔抑揚頓挫，加

之手勢表情十足，講得得意時還會在黑板上拿起粉筆三兩筆就勾出一幅素描來，以配合課題的講解。比如講到民歌中的船夫謠時，只見他轉過身去很快就畫出一個手執釣竿的漁夫來，大家驚訝不已。他還特別重視發揮學生的積極性，教歌劇《劉三姐》時就成功地組織了一次大課課堂討論，學生發言十分踴躍。

執教文學概論課的是副系主任、上海作協副主席、著名文藝理論家徐中玉教授。他每次上課總是從衣袋裡掏出幾張卡片，授課大綱早就擬在腦子裡，卡片是文摘，是講課時需引用的話。他自己編寫的教材，開學時已由學校印刷廠印刷裝訂成冊發給了我們，其內容從文學本身的規律出發進行闡述，不以毛澤東《在延安文藝座談會上的講話》為綱，這在當時是極其難能可貴的。他平時看書總會隨手將特別有意義的話摘錄在一張張卡片上，積少成多，再分門別類，作為寫文章和教學的參考。此後我也開始學他的樣，對我後來的教學和研究工作確實有很大幫助。

徐先生的課都是六個班一起在大禮堂上大課。他為人嚴肅，在講堂上顯得特別威嚴，講話聲音洪亮，不用擴音器也能聽得清楚，一句是一句，硬梆梆的，無容置辯。他的課配有一位助教，平時輔導均由助教負責。

主講現代漢語課有兩位老師，語音學是史存直教授，語法學是丁免哉教授。史先生是京片子，一口兒化韻，舌頭捲得厲害。他介紹自己早年因參加革命而被

捕，語言學是在監獄裡自學的。一個「鳥」、「了」的語音區別就講了半晌，他舉例說蘇北話 N、l 不分，把「鳥兒」說成「了兒」。他要我們學會語音對應規律，只要掌握了語音對應關係，就很容易懂得各地方言，對學習普通話（國語）很有幫助。

丁先生講課很風趣，他自己不笑我們卻忍俊不禁。他強調語法與修辭、邏輯是密不可分的，單顧一面往往會令人費解。比如當你們累了的時候常說「休息一下好恢復疲勞」，這句話從語法看沒錯，可是該表達的意思卻相反，因為恢復的該是「體力」而不是「疲勞」；這句話也可把「恢復」改為「消除」。又比如許多人常說「我在沒有吃晚飯之前……」，或「你在沒有打籃球之前……」，這兒的「沒有」兩字完全是多餘的，刪掉它意思反而很明確，留著它會讓人撲朔迷離：究竟「之前」是剛才呢還是很長時間之前？他所指的這些錯誤，恰好糾正了我們許多同學的語病。

擔任古漢語教學的是劉銳教授。他講話兩眼總是望著窗外，從不看我們一眼，但授課內容有條有理。擔任語言學概論教學的是林祥楣先生。林先生講課邏輯性特強，從頭到尾一氣呵成，中間絕不會打咯愣。如果把他整堂課講的話記錄下來，就是一篇完整的教材。聽他的課絕不能思想開小差，否則很難聽懂他下面的話。他被系裡同仁一致譽為「中文系的一張嘴」。

還有一些名教授，如著名現代派作家、翻譯家、學

者施蟄存先生，一開始就不讓他上講臺，我們久聞其名卻無法聆聽他的教誨，實在萬分可惜。

　　由上述學者、教授先生們組成的師資隊伍堪稱一絕，他們在講臺上風姿綽約，給我們灌輸的豐盛的良知和智慧的乳汁，促使我們迅速發育成長。這是我們莘莘學子最幸運的年代，這是學府中文系最輝煌的年代。遺憾的是好景不長，無情的政治運動摧毀了這大好景象，這些有真才實學的教授、學者們，一個個以莫須有的罪名被趕下講臺，以致如柳宗元所說：「舉世不師，故道益離」，直到今天憶及此事我依然感憤不已！

2014年7月5-6日

老驥伏櫪志在千里

——記許傑、施蟄存、錢谷融先生

很難得，托福考試過關後，教育部批准我這樣一個大學文科講師來美國訪問、進修。見到了老一輩的教授級同行，話題自然地集中到一些共同熟悉的人物身上，問起有些老人是否還健在，並迫切地盼望知道他們的近況，同時我也發現自己雖然離開他們還不到一個月，但我是多麼地懷念我的老師。這種熾熱的思念之情，引起我強烈的寫作欲望。於是提筆給我見到的第一個毫不相識的「華僑日報」寫下這篇文章，讓關心他們的朋友可以從中略知其現狀。

「老牛」

許傑是五四時期的小說家，《新文學大系》就收有他的作品。前年我系師生曾為他和另外兩位老教授同祝八十壽辰。今年六月間，他還以八十二歲的高齡，去海南島參加了一次現代文學學術討論會。很多與會同行跟我談起許先生時都說：實在想不到，他不但耳朵不聾，而且講起話來聲音洪亮，中氣很足，思路清晰，毫無一點老態。他們的這些議論常促我思索：是什麼精神力量使得這位歷經坎坷的老人始終精神抖擻，像年輕人似地勇往直前？這個問題在我出國前與他的的一次交談中，

才得到了滿意的答案。

事情還得從「牛」說起。在許先生的書案上有一隻陶土製的牛，雖然他幾經搬遷，房子由大變小，再由小而擴大，但這頭牛卻始終伏在他的案頭。出國前我送他一件工藝品細竹編的雞，可是他聽說我還買了竹編的牛，就固執地要求我換送他一頭「牛」。

「許先生，我早就注意到了，你書架上多年來就擺有一頭『牛』。你要那麼多的『牛』幹什麼？」

老人面對我驚詫的表情，笑眯眯地回答道：「我本來生肖就屬牛。讀了魯迅先生『俯首甘為孺子牛』的詩句以後，我更樂意當牛。而且這麼多年來，人們也慣於稱我們這些『右派』為『老牛』（即『牛鬼蛇神』），你看我這不是一輩子跟『牛』打交道？所以我特別喜歡牛，我也就是牛。」當我們談論這些事時，老人臉上的皺紋全都舒展著，充滿了一種自豪的神情。是的，過去的事已經過去了，雖然曾被稱為「老牛」，受過吆喝與鞭笞，但今天人民尊重他，他甘為自己所熱愛的祖國和人民獻出奶與力。

臨出國的前兩天晚上我又去看望他，那天天氣比較冷，因為許先生前些時候摔了一跤，坐骨神經受了損傷，才出醫院不久，我想八點多了，老人家會不會睡了?誰知他還在伏案工作，稿子攤了一桌子。我看見我送他的「竹牛」盤跪在床邊的五斗櫥上，書案上仍然站著那頭「土牛」，而這位「老牛」也一直不肯歇磨。近年來他不僅重新出版了小說選、散文選、《魯迅小說講

話》，還推出了他對《野草》詮釋的新著，並發表了許多篇有關新文學運動和文學家的回憶文章。

先生的牛勁實在令人佩服，它不但幫助他度過了那些艱難的歲月，也促使他抓緊時間獻出自己全部的奶與血。「許先生，我的『老牛』先生，該早點上床睡覺，否則你又會被醫院抓進去強迫『歇磨』了。」「勿礙事，勿礙事！」他操著浙江天台鄉土口音，樂呵呵地說道。

不願說違心話的人

我是一九五六年秋進華東師大的，一年後反右鬥爭使我失去聽施蟄存教授上課的機會。我對施先生開初的印象是：這是被魯迅罵過的「洋場惡少」，離這種頑固派越遠越好。於是幾年中我幾乎都沒與他說過話。

然而在文化革命中，我現代文學方面的同行，卻不斷從外地跑到上海來訪問他，了解他與魯迅之間有關《莊子》與《文選》的論爭，了解他與「第三種人」的關係及當時文壇的情況。令人驚訝的是，每個人都不約而同地說他是個「倔老頭」，不承認自己在與魯迅的那場論爭中有什麼過錯，他說開初並不知道自己論爭的對象是魯迅，知道之後也並無顧忌，照直說該說的話，迄今他還直說魯迅也有偏激之處。

文化革命期間很多魯迅作品的註釋，都把施蟄存列為反動的「第三種人」代表之一，他卻不顧輿論的壓

力，申辯自己並非「第三種人」，說明他與蘇汶的關係與區別，列舉了當時他所編《現代》雜誌曾刊登過的文章及所起的作用。在以後的「批林批孔」運動中，他也將自己的觀點亮出來，不怕被當作靶子打。這個簡直是「頑固不化」的老頭，以他的犟勁深深地吸引了我。為此我翻閱了過去未曾注意的資料，發現他講的完全是真話。

在我過去的觀念裡，往往把倔犟與古怪聯繫在一起，但是施先生卻一點也不古怪，而是一個熱情、達觀、幽默的人。聽學生反映，年逾古稀的他為一百多人上大課，聲音響亮，精神十足，他笑笑指著自己佩戴的助聽器說：「這該歸功於我的聾子耳朵。」他的研究生向他敘述自己如何對這門專業感興趣，他卻直說：「其實我也很諒解你們，知道你們更感興趣的是上海戶口（指畢業後可留在上海工作）。」他如此坦率地「揭老底」，引起哄堂大笑，但學生們就是信任這樣真話直說的老師。還聽說他不止一次地坐在蓋著蓋子的抽水馬桶上接見來訪的客人，周圍堆滿了書。他說：「原諒我，房子太小，人太多。每個人都需要一塊工作的領地，於是我老頭只能經常來佔領這塊領地。」

我第一次與施先生較長地交談，是因為我參加了郭沫若歷史劇《南冠草》的註釋工作，同事們鼓勵我去求教於這位「活字典」。施先生熱情地接待我，不僅解答了我的種種問題，介紹了各種工具書的用法，且審閱、批改了我的註釋初稿。先生是那樣的博學，他寫過小

說、古典文學集註、評論，出版並研究有關拓片的資料，還翻譯了不少法國文學書籍。同時，每隔些時候各家出版社都會拿了別人的集註來請他審閱，他也從不推卻。約半年多以前，報紙曾專門刊載了有關施先生的研究工作報導。

「用心靈去溝通，去感受」

「我深愛我的學生，對於他們，我心靈的大門總是敞開著的。因此，也有不少學生願意來找我談他們的學術觀點甚至知心話。可是多少年來卻一直說我毒害學生。我……我……」這是在一次控訴「四人幫」罪行、為受迫害的同志平反的大會上錢谷融先生的發言。講到這裡，他努力克制著自己的感情，但還是老淚縱橫。

坐在臺下的我禁不住眼眶濕潤，立即聯想到二十多年以前的另一次大會，我們這些學生都曾上過講臺，批判他的《論文學是人學》一文中的人道主義觀點。其實我們並沒有讀過多少書，對人道主義只是一知半解，但只要一聽說人道主義前面應加上「資產階級」這樣的定語，那就放膽批吧。

我畢業留校後，領導指定錢先生為我的指導教師。許多寒夜和酷暑，他裹著大圍巾或搖著芭蕉扇，循循善誘地為我指出習作和讀書筆記中的缺點、錯誤，還教我如何鑑賞文學作品，強調真正成功的作品必定能動人心弦，與讀者之間有心靈的溝通。而作為一個文學教師，

就應該教會學生用心靈去感受真、善、美。他自己英語很好，也叫我盡量別丟了外語，說能用世界知識寶庫裡的東西來豐富自己，是一種幸福。

可是不久我被認為是受他毒害較深的一個青年教師，而被調離了這位指導教師。從此我也就關閉心靈的大門，既否定自己也批判先生。直到文化革命後期，看到了那麼多非人道的舉動之後，我才感到先生所講的人道主義還是需要的，同時迫切地渴望著一種能與之交流真實感情的文學作品。

錢先生正因為身體力行，跟自己所接觸的人和文學作品溝通心靈，交流感情，因此凡他外出講學，總是座無虛席。他從來不譁眾取寵，往往一開始就輕輕地、抒情地對聽眾說出自己的真心話，而又確有自己精闢的見解，人們很自然地就將自己的心靈大門向他敞開。

怪不得上海文藝出版社出版了他的《＜雷雨＞人物談》一書後，很快就銷售完了，不得不馬上再版。曹禺先生也將錢先生引為至交，錢先生一到北京，便急迫地把他請到家中暢懷談心，認為他的評論最能把握住作者本人的意圖和感情。

錢先生確實愛他的學生，他從來沒有因為我們這些年輕人曾批判過他而耿耿於懷，我身為他的寬宏大量而感動萬分。他常常花很多時間跟他的學生，甚至他學生的朋友，一些毫不相識的人通信，為他們看稿，誨人不倦。

1982年12月

憶應義律老師

　　蘇軾不屑「世以成敗論人物」，然而這卻是古今論人的主要標準。應義律先生既非名教授，也不是蜚聲中外的學者，他只是一個普通的大學教師，沒有突出的建樹或業績，可是他的為人卻令人十分敬重。古人云「尊師則不論其貴賤貧富矣」，遺憾的是人心不古。

　　我讀大學三年級的時候，應先生執教「毛澤東文藝思想」課。這是一門選修課，學生們原本可選可不選，但是如果不選，就會被領導認為政治覺悟低，對偉大領袖缺乏敬愛，因而幾乎沒人敢不選。這是一門十分讓人頭痛的課，教者口是心非，聽者秋風過耳。應先生不能不巧妙應對，講課極其謹慎，內容全以毛澤東《在延安文藝座談會上的講話》為準，而且「毛主席是這麼說的」、「這是毛主席的意思」之類的話成了他的口頭禪。

　　是的，在那「火紅的年代」，人人都得火燭小心，何況應先生曾與尹庚、胡今虛、張禹等人一同創辦泥土社並任社長，出版過胡風及其弟子的許多書，全國開展反胡風運動時他被審查過，幸虧沒被劃為胡風分子，然而畢竟留下「尾巴」作為「內控」對象，領導指定他教這門課實際上是對他的考驗，他怎能不夾緊尾巴？

　　一九六○年夏我大學畢業，留在中文系文藝理論教研室任教，與應先生成了同事。當時領導給每個青年教師配備一位老教師作為指導教師，跟他們學業務但不能

在思想上受他們影響。應先生被分配擔任我的指導教師，從此我倆的關係密切起來。

起初他對我不免有些戒心，多次接觸後覺得我肯敞開心懷交談，這才主動撤下防線。他非常真誠、直率，常常以商量的口氣跟我討論一些問題，我終於明白當初他講課時的口頭禪，其潛臺詞原來是「這不是我的話，並非我的意思」。那麼他的意思究竟是什麼呢？

比如跟我談到文藝與政治的關係時，他問我強調文藝必須為無產階級政治服務，會不會傷害作家、藝術家的積極性，尤其是舊社會出身的原本就有相當成就的老作家、老藝術家？像我們系裡的許傑先生、施蟄存先生，一直沒有看到他們有新的作品問世，恐怕就是擔心自己的作品難以直接為無產階級政治服務，以致不敢輕易動筆。

談到文藝評論標準他又問我：堅持政治標準第一、藝術標準第二，會不會把文藝作品降為宣傳品？還有，那些藝術性相當高卻不含政治意味的詩歌、散文，是否會因此難以立足？他認為既是文藝作品，首先必須從藝術成就衡量其該屬上乘還是下乘，而不是看它宣傳了什麼。經他這麼不斷點撥，我這僵化的腦袋終於逐漸逐漸開放。當然，這些都是在他家的書房裡說的悄悄話，絕不與外人道。

應先生曾與魯迅有過交往，非常敬重魯迅，愛讀他的作品，並以魯迅為榜樣寫過許多雜文，諷刺舊社會的時政和種種不合理現象。一九三六年魯迅逝世時他大學還沒畢業，即與友人以「文學初學者協會」名義集資出

版追悼專刊。一九四八年他曾將自己的雜文集輯成冊以筆名應悱村出版，書名為《石下草》，給我看過，確實很像魯迅的風格。

他嫉惡如仇，常對一些不合理的人和事加以抨擊，在教研室裡更是敢說敢做，為蒙受冤屈的人鳴不平。這時候他就顧不上夾緊「尾巴」了，常激動得嘴唇直哆嗦，半天才蹦出一句火辣辣的話來。在他看來做人就要做一個正直的人。文革期間雖然他也受過衝擊，但他更為那些無端被迫害的同事討公道，即使被造反派嗤笑也不屈服。

他通曉英文和俄文，悄悄地翻譯了不少英美著名詩人的作品，如英國詩人蒲柏的長詩《論批評》，揭載於上海文藝出版社出版的《文藝論叢》，此外還有《論馬克思主義美學的三個來源》等。他使用過的筆名還有應漫魂、高加索。

應先生七十大壽時，我與內子曾買了一盒奶油蛋糕登門拜壽；教研室主任聞訊後亦託我買了蛋糕，帶領全體成員去祝賀。他家的客廳很小，被我們擠得滿滿的，歡欣、溫馨的氣氛更顯得濃鬱。先生和師母熱情接待，饗之以巧克力冰磚和可口的糕點。他操著一口浙江鄞縣口音，無所不談。

應先生平日極其低調，從不張揚，不與人爭。他一輩子就是一棵「石下草」，做了二十年講師，一直沒升為副教授，他也無半句怨言。改革開放後，眼見許多同儕升為教授或副教授，連我們這些後生也先後升為講師和副教授，可是領導卻始終沒將應先生看在眼裡，誰也

不為他說一句公道話。

　　我實在看不過去，就勸他主動向系領導提出升副教授的要求，他照我的話做了。報告到了系主任手裡，這期間教研室主任因事外出，徵得領導同意，由我代為寫了一封詳實的推薦信，把我所知道的他的教學效果和科研成就都列了上去，終於通過了，大家很高興。事後想想卻十分悲催，早就該升爲副教授的老師，卻非得讓學生推薦才獲得這一職稱。最終，他這樣一位勤於著述、十分耿直的老教師，直到退休時才獲得一個教授空頭銜，真叫人哭笑不得。

　　我和妻子來美探親沒敢事先告訴他，臨走那天早晨他聞訊急匆匆趕來送我一盒家鄉茶葉，依依不捨。到了美國我曾跟他通過信，不久他就悄無聲息地去世了。悲哉我敬愛的應先生，你將永遠活在我的心裡。

2014年5月8-9日

我們眼中的夏志清和琦君

「臺灣文學經典」決選會於今年歲首投票，決選出包括詩歌、散文、戲劇、文學評論在內的三十部「臺灣文學經典」，身居紐約和新州、享譽海內外文壇的夏志清和琦君，分別以《中國現代小說史》和散文《煙愁》入選。鑒於我倆跟他們相識，「現代周刊」主編便邀我們寫一篇文章，讓讀者一睹這兩位世界級學者與作家的風采。

其實，單從臺灣文壇論述這兩部著作的價值並給它們定位，那是遠遠不夠的，需放在全世界華文讀者，乃至全球各族裔大學生領域來評價。《中國現代小說史》已成為國際通用的研讀中國現代文學的教科書或必讀參考書。琦君的散文如《煙愁》已超過四十多版，有的書更多至五十多版，刷新台灣出版界散文版數最高紀錄，有英、日、韓等多國譯文。

夏志清和琦君是好朋友，他說她「一直是我最愛讀的一位散文家」，他們經常一起出席某些會議及文人的宴會。兩人共同的特點，那就是待人求誠，為文求真。

早在一九八二、八三年我們就與夏先生相識了，仁念是跟他進修的最早的大陸訪問學者，不僅在課堂上聽他講課，每月都會去他家拜訪請教。當時不少人告訴她夏志清教授的電話最難打，只有傍晚以後才能打得通，

因為他總在夜間工作，又有一個不會控制自己的小女兒整夜吵鬧，所以白天他除了上課、開會，餘下的時間當然必須睡覺，怎能多接電話、迎訪客呢？但接觸多了，才發覺他很隨和也很愛交朋友，很願意與學生和朋友分享各種心得。

他的朋友很多，即便在一九八三年訪問大陸的短短幾天中，他也專程找到了當時還住在狹小四合院積滿灰塵的書堆中的沈從文。兩人性格截然不同：一個口若懸河，不停地說，不停地動，像個大孩子；一個沉靜木訥，偶然蹦出幾句詼諧而又深邃的話，純然是個飽經滄桑與世無爭的老人。但兩顆真誠的心卻能一見如故，無話不談。

數年後當仁念在北京沈從文新遷的高樓寓所中訪問他時，談起夏志清教授，已經中風過、面部神經有些癱瘓的沈從文，突然滿面春風，整個臉部的線條都柔和並生動起來，可見當時兩人是如何的心心相印。那段動人的回憶，只能留待沈師母張兆和去撰寫了。

在夏先生回國探親前，濟民正在北京出席一個學術會議，對外文協負責人亦在場，兩人談及此事，此公特地囑咐道：「對夏志清，我們的態度是不接觸，不理睬，不冷不熱。」濟民則陽奉陰違，盡地主之誼熱情接待了夏先生，宴席上還邀請了我們的老師、著名作家和評論家許傑、徐中玉、錢谷融三位先生作陪，彼此雖初次相見，但夏先生談吐真摯、爽快，並不隱諱自己的觀

點。那次他接觸的人不多，有關方面卻還是不放心，待他一出國門，就在報刊上發表了兩三篇批判文章，也算是「消毒」吧！夏先生聞訊連聲說：「這很自然，這很自然，一點都不奇怪。」一笑了之。

一九八三年秋大陸開始清除「精神污染」，夏先生深怕剛露出些許希望的國家，又會被某些人再次推入文化大革命的苦難深淵。對丁玲、歐陽山這些名作家也隨聲附和「清污」，他感到極度的不理解和遺憾，一再說：「他們又何必開口呢？他們自己寫過好作品，既是懂得文學的，也是挨過整的，又何必幫腔？不可以保持沉默嗎？真是說不通的嘛！」「說不通的」是他的口頭禪，即不可理喻。幸好不久這場運動很快緊急剎車，為此他開心得哈哈大笑。

大陸的學者、作家赴美訪問，凡願意與夏志清教授接觸的，他都一律熱情接待，毫無偏見。如大陸著名女作家戴厚英是我倆的老同學，曾在公開場合遇見過夏先生，後來我倆陪她去紐約看望他。去餐館吃飯時，夏先生的「連珠炮」當然響個不停，途中他又是「一馬當先」（他性急，走路常衝在前面），扯住小戴講個不完。飯桌上談起大陸文壇很多怪異現象，他的口頭禪「這真是說不通的嘛」更是連成一串。大前年戴厚英在滬被殺害，他在跟我們的通話中不斷感嘆，三呼可惜，為中國現代文學史上很多有才華的女作家命運多舛而傷心不已。

　　仁念作為較早赴美進修的現代文學學人，夏先生深知當時知識分子經濟拮据，常主動把自己心愛的藏書借給她，有複本還送給她。他不僅總是應她的要求接受訪談，而且常和師母王洞一起邀飯，但從不肯接受她的回請。一九八九年我倆和在普林斯頓大學攻讀博士的長子堅邀他和師母，他這才同意，卻又執意不去中國城的大餐館，只在哥倫比亞大學附近一家較小的上海餐館，由他點菜。他借口自己想吃點上海家常菜，於是鹹菜毛豆、青菜獅子頭都上了桌，其用心良苦也就可想而知了。

　　每次當仁念需要夏先生幫忙時，他總是不遺餘力。他為她的第一部長篇小說《大洋彼岸的情種》寫了長長的一篇序。為她應徵一份大學中文課程的教職（他雖明白告訴她沒有美國的學位是很難得到這份工作的），他十分認真地費了幾個小時，用他那老式打字機打了四頁長的推薦信，滿心想幫助她爭取到這機會。夏先生八十歲生日，我倆第一次有機會請他和王洞吃他喜愛的魚翅羹，仁念激動地感謝他這麼個大忙人，這些年來為她花費了好多工夫，他還是笑呵呵地說：「我當然會幫你，不幫說不通的嘛！」

　　琦君先生和夏教授有相似之處，她作為臺灣文壇的老前輩，卻是那般謙和、平易近人。我倆初次與她見面，是在李又寧教授舉辦的「留學生文學座談會」上，

當我們發現坐在身旁的女士居然就是臺灣人人皆知的散文大家琦君時，開始有點緊張。但她的一席發言馬上叫人鬆弛下來，她說「留學生文學」實際就是「遊學生文學」，若是把這些留學生遠離故土、在異國他鄉雲遊的愁緒表達出來，這就必定是成功的留學生文學。這真是一語破的。

以後我倆又多次跟他們賢伉儷在一些會議與宴席上相遇、談天，不知不覺就成了十分談得來的朋友。讀琦君的作品，我們最感動的就是她那純潔心靈，叫你覺得彷彿喝了一盅香醇的美酒。有一次我們訪問她，請她說說作為一個散文家，最重要的修養應當是什麼？她毫不猶疑地答道：「第一，感情要真；第二，文筆要精；第三，意思要深；第四，風格要新。」說完這四點之後，她又回過來強調道：「真——最重要，不真，文章寫得再漂亮也沒用。文學總要從至情至性出發，從實際的體認著筆，否則怎麼會感動人呢？」

隨著琦君先生所贈予的散文集一本本多起來，我倆對她的了解也日益加深。飯桌上發現，凡遇到深為大家稱道的炸雞蟹，她從不動箸，曾笑著解釋道：「我雖沒敬虔到不殺生，但對幼小生物的殺害總使我感到於心不忍。」

在琦君先生的文章中也處處流露出她對動物的愛戀，更不用說她對人的一片深深愛心。那怕在她幽默的打趣中，人們感受到的是慈祥的詼諧而不是尖刻的揶

揄。譬如夏先生喝了酒，話就更多更快，妙語如珠，她就說他「談笑『瘋』生」；她自謂坐夫婿的汽車是坐「氣車」，一上車就得小心翼翼地準備受氣。在大家的哄堂大笑中，作為太太的她，那顆柔和的愛心卻赫然顯露。

正因為琦君有「菩薩心腸」，讀者由小到大都喜歡給她寫信，傾吐衷腸。信中稱她姐姐、阿姨、奶奶、女士、先生的什麼都有，而她一輩子也花了不少時間耐心地為讀者回信或解答問題，廣結人緣。

有一次她的老伴李唐基先生情不自禁地跟我們談起：在臺灣，從小學、中學、職業學校到大學，語文課本中都有琦君的作品，她的作品涵蓋了七歲至七十歲的男男女女，可以說「老少咸宜」。《煙愁》中的一些散文，如《金盒子》，最初在報紙上發表時，他讀了深為文中所敘的手足之情感動，產生了強烈的共鳴。有一次在臺北偶然跟朋友談及此事，想不到那位朋友竟告訴他，這些文章的作者就是住在他對門的潘小姐（琦君姓潘，原名希真）。後來經過通信和多次晤面，兩人便墜入了愛河。原來他倆的情緣是這樣結下的，我倆聽了拍手稱妙，琦君先生卻在一旁詼諧地說：「不是我的文章打動了他，而是我燒的菜，香味飄到了他朋友的房間吸引了他吧？」

談起《煙愁》，琦君對這個書名更「有一份偏愛」，她說：「淡淡的哀愁，像輕煙似的，縈繞著，也

散開了。那不象徵虛無縹緲，更不象徵幻滅，卻給我一種踏踏實實，永恒的美的感受。」

　　跟夏志清、琦君先生相識相知，使我倆認識到：只有真正了解人也愛人的人，才能真正進入文學創作和評論工作的深層。他倆在現代文學史上給世人所留下的寶貴財富，值得後代進一步發掘和學習。

1999年年3月

緬懷好編輯廖仲宣

人生如夢，歲月無情，世間有多少值得珍惜的人和事隨著歷史的煙雲悄悄消失。然而歲月無情人有情，我怎會忘記好友廖仲宣？他是一位普通的編輯，一生樂為他人作嫁衣，對我的筆墨生涯曾起過重要作用，我這一輩子跟報刊、出版社打過交道的編輯可謂多矣，唯獨與他最知己，直到他去世我們始終保持著密切關係。

就從為我做嫁衣說起吧。一九八二年我與妻合撰的九十萬字《郭沫若年譜》問世後，陸續有幾家出版社約我們寫《郭沫若傳》。一九八三年收到北京十月文藝出版社編輯廖仲宣的來信，邀我們為該社策劃的「中國現代作家傳記叢書」寫《郭沫若傳》，他很坦誠地表示已讀過我們合撰的年譜，覺得掌握的材料非常翔實，相信我們任大學中文系教師的，一定能寫出文學傳記的味道來。我倆被他的真誠所感動，便慨然允諾。

要「寫出文學傳記的味道來」，我一直牢記他這句話，顯然他是在提醒我們注意傳記與年譜的不同。誠然，編年譜與寫傳記確非一回事，前者只求敘事準確無誤、明白通暢，人物生平事蹟一件件均按年月日架構，最終托起一條長長的譜主歷史行廊就算完工了；而後者卻必須邊敘述邊描繪，以人物思想發展的軌跡和行蹤為經，以人物感情流動的波浪乃至矛盾的全人格為緯，有血有肉、情景交融地走筆用墨，最終呈現的是一個歷史

上曾經存在的活生生的可信的人。於是我們先試寫了開頭的一章寄給他審閱,不料他很快回信說已給社領導和部份同事看過,都很滿意,並熱情推薦給「中國現代作家作品研究」期刊發表。

不久,他攜婦將雛南下探望岳母,順道來上海與我們相會,這才知道他夫人任電影製片廠剪輯,兒子患自閉症。一個是編輯,一個是剪輯,在那撥亂反正要補回過去損失的年代,兩「輯」廝守不是「輯輯和風」,和舒、安逸,而是「急急如律令」,即兩家領導動輒要他們加班趕點校閱手頭書稿,或限時限刻完成影片的剪輯工作,忙得夫妻倆連兒子都沒法照顧,只得生下三倆月就託付給上海的岳母撫養,由於南北兩地相隔甚遠,只有春節期間才能去看望一下。

長期離開父母的幼兒心理免不了壓抑,倒不是外婆不寵愛,而是思念父母之心總是得不到滿足。他倆意識到這是個問題,決心將孩子接到身邊,卻又無法在家陪伴。孩子離開熟悉的外婆,依然得不到父母的愛撫,卻被送進全托托兒所,不熟悉的環境,原先會說的吳儂軟語又與北京話大相徑庭,生活環境完全陌生就像進了囚籠,以致感情失落而憂鬱,一個原本活潑聰敏的孩子就這樣將自己封閉起來。那天來我們家,彷彿要證明給我們看他是自閉症患者,突然爬上沙發對著墊子小便,弄得父母措手不及、狼狽不堪。這倒促使我們對他們夫婦處境的了解,因而更加敬重他們。

　　次年四川郭沫若學術研究會在樂山舉行年會，我與仲宣都在邀請之列。期間相聚甚歡，他陪我參觀了郭沫若沙灣故居，進一步討論了傳記寫作中值得注意的問題。後來該研究會又在重慶舉行年會，我們又一次相聚，這是在仲宣的家鄉自然輕車熟路，他帶我踏訪郭沫若當年生活和工作過的地方和機構，如國防部三廳、中蘇友協以及新華社所在地，大大增添了我的實際感受，寫作就更加得心應手了。

　　當時學術界盛行一味歌頌郭沫若的風氣，似乎為他修譜立傳必須立足於歌功頌德。我們卻不以為然，認為功、德不能完全替代傳主的全人格，不管什麼樣的名人首先他總是人，是人就有七情六欲，就既有功又有過，就不但有德而且也有眚，這些是掩飾不了的。即使承認郭沫若如同一條歷史長河中翻滾騰躍的蛟龍，鱗片間也免不了夾帶這樣那樣的泥沙。仲宣很贊同我們的意見，再三鼓勵要放手寫，千萬不要有任何顧慮。

　　由於不斷得到責任編輯的鼓勵和支持，整個寫作進程相當順利，我寫初稿內子修改補充，然後我再稍加潤色即謄清。全稿完成寄往北京後，仲宣日以繼夜地審閱。他非常尊重作者的意見，即使有時遇到一個關鍵詞語需要推敲，他也要來函徵求我們的意見。社領導審稿時，他還不斷為我們說明甚至辯護。比如我從日本友人手中獲得郭沫若在日本期間給恩師的一封信，說他因嫖妓染上了性病，請求幫助治療。我們將此事也在書稿中

提了一筆，覺得這才是真實的郭沫若。仲宣雖然贊成，但也有阻力，社領導對此頗有微詞，最終得以保留，應當感謝他鼎力相助。

《郭沫若傳》問世正值中國郭沫若研究學會在北京開會，我與仲宣都出席了會議。還是他考慮得周到，徵得出版社領導同意與作者合資購買了百來本郭傳，贈送與會代表人手一冊，皆大歡喜，也等於借機為我們的新書作了一次十分有效的宣傳和推銷。

這之後仲宣仍保持著跟我們的聯繫。他很欣賞我倆的文筆，一再鼓勵我們寫小說和散文。內子一九八六年再次訪美期間，動筆寫的第一部長篇小說《彼岸情種》，回國擬找合適的出版社，仲宣獲悉後即主動叫我們投給他們出版社，他趕閱全稿覺得很好，表示願擔責任編輯，但總編政審未通過，內子不願按總編意見修改只得作罷。

一九八八年歲尾我與內子相攜赴美，從此彼此聯繫只能憑鴻雁往來。即使遠隔重洋，他仍不斷來信，一方面告訴我們學術界和讀者對郭傳反映不錯，還被評為北方優秀讀物，成為暢銷書，出版社多次重印，印數費已遵囑寄給我大哥；另一方面仍熱情鼓勵我們多寫稿，並為《彼岸情種》能在臺灣出版表示高興和祝賀。

不久突然他來信說肝臟上生了個小東西，但輕描淡寫再三表示不礙事，依然叮囑我們多寫些有關異國他鄉見聞和感想的散文，編成集子，材料多了就寫長篇小

說，他了解我們，一定竭力推薦出版。由於他的「障眼法」，當時我們完全沒想到他患的居然是肝癌，寫信去慰問卻很久沒收到回信，等再次收到信時，他已在醫院放療、化療。意識到問題的嚴重，我們馬上託在北京已退休的小舅去醫院探望，並送去營養費，但聽說他已十分衰弱，不成人樣。驚駭之餘我們不敢想像：他年紀輕輕如果就這麼走了，留下妻孥可怎麼過？我們幾次拿起電話筒又放下，連打電話安慰他妻子的勇氣都沒有。

結果很快他就走了，急急匆匆，誰也沒有思想準備。收到訃告的那天晚上，我和內子剛打工回來，誰都沒胃口動箸。窗外凄雨嚶泣，窗前櫻桃樹的果子還沒成熟，滴落著苦澀的水滴。面對餐桌，不禁聯想起在重慶的餐館裡我和仲宣一起用膳，最後他總是負責「打掃戰場」，連盤中剩下的蔥、薑、醬汁，都一掃而光，還說：「這些都是好東西，有營養的，別浪費了！」

我們的仲宣身前沒享過一天福，就這麼累死了，一心為他人作嫁衣，一心為人民出好書。而今我與他何止遠隔重洋，更是天人之隔，即使再回到我們一同走訪過的城市，也無法再尋到他的蹤影，只有「千里孤墳，無處話凄涼」！在我心目中「故人情義未疏索」，肝膽相照千古。

2013年5月10-12日

四樓阿婆

那是二十多年前一個夏天的晚上，我陪挺兒去四樓阿婆家辭行。天氣悶熱得叫人幾乎透不過氣來，鉛皮似的天空飄浮著黑壓壓的烏雲，幾乎貼近樓頂，馬上要下雨的樣子，我倆不得不腳底加油。一進門，阿婆就邁著她那小時候裹過而又放大了的腳迎上來，笑眯眯地摸著挺兒的頭，「囡囡，好樣子啊，要到美國去唸書啦！」她操著一口吳儂軟語，依然按挺兒他們兒時的昵稱叫他，邊說邊把我們推到新買的雙人沙發上坐下。她女兒趕緊從廚房裡捧來一盆西瓜，阿婆馬上拿起一塊送到挺兒的手裡。

幾聲悶雷打斷了我們的講話，突然窗外竄進來一道閃電，接著一聲響雷如重磅炮彈炸了開來，屋子也好像顫抖了幾下。這不禁讓我想起另一個雷雨交加的晚上……

那時三歲大的挺兒自個兒在玩，我伏案備課，沒想到突然樓下傳來公共電話間秦阿姨的呼叫聲：「409電話！」我急急忙忙奔下樓去，拿起話筒，對方沒待我開口就搶先說道：「你是方老師的家屬嗎？方老師挑豬食摔了一跤，跌傷了腿不能動，她要你趕快來接她回家……」我心急如焚，恨不能馬上飛到高校農場她身邊，可是一看錶，已趕不上末班長途汽車。

第二天是星期日，幼兒園關門，我只好託四樓阿婆

照顧挺兒，阿婆叫我放心。清晨出門，趕到目的地已近中午，經再三折騰返回市區已是傍晚，叫了一輛三輪車直奔醫院。經檢查方才弄清楚挺兒媽是尾骶骨骨裂，需回家臥床休養一個月。這下總算放了心，可又牽掛起挺兒來，回到校部家屬區連路燈也跟我倆一樣亮著充血的眼。待到跨進家門，沒想到阿婆早就給挺兒洗好澡、吃好晚飯，他正在跟左鄰右舍的孩子們玩呢。阿婆見我們回來了，十分關心地問了個究竟，然後趕緊把燒好的飯菜端上桌，我們真不知如何感謝才好。

我和挺兒媽結婚時，分配住在師大教職員宿舍區筒子樓。樓裡住的都是新婚或結婚已三、四年的教職員，每戶只有一個房間，全家吃、住都在裡面，每層樓兩頭各有一個公共廁所，另有廚房。我們四樓有二十來戶，就近的五、六家合用一個廚房，這幾家彼此接觸多，因而相互關心、照顧也就多。當時阿婆家住在411室，我們家正好跟她家比鄰。

四樓阿婆對我們五家可說是大恩人。平時我們上班族最大的困難，就是早上去菜市場買了葷腥之類的東西，來不及處理就去學校了。那年月哪家都沒冰箱，夏天可麻煩了，待到中午上完課趕回家燒菜煮飯，魚、肉往往已經發臭，幸好阿婆早就為我們一家家洗好、晾好，只要切一下就可下鍋。挺兒媽在家休養期間，阿婆還特地趕早市去菜場排隊，幫買憑醫生開的證明才能供應的肉骨頭。

　　我們六戶四家有小孩，其中包括阿婆家。平時每天早晨送孩子去學校附屬幼兒園，全都靠阿婆。她攜著一個最小的，邁著她那解放了的小腳，不疾不徐，時而回過頭來看看後面緊緊跟著的三個，頗像老母雞領著一群小雞似的。到了幼兒園，孩子們都遵她的囑咐，跟著她親熱地與老師打招呼，臨別時還一個個跟她親親面頰，才依依不捨地揮手走進教室。

　　傍晚接他們也多半是她，孩子們見了她一個個撲過來，連聲喊著「阿婆，阿婆」。有些不知實情的家長，還以為她是親外婆呢，不免道聲：「外婆，您老人家好福氣啊！」她總是笑眯眯地回答：「是啊，是啊，託儂格（你的）福。」十分得意，一臉燦爛。

　　孩子們接回家，圍在小桌邊，阿婆趕忙抓兩把爆玉米花給他們吃。那年頭糧食定量供應，自由市場上也難得看到有賣玉米的，偶爾郊區農民拿點來賣，阿婆就掏出女兒給的零用錢趕快搶購，然後再請爆米花的生意人加工成爆玉米花，吃起來又脆又香，是孩子們最喜愛的零食。

　　安排好孩子，阿婆就去廚房給家人準備晚飯了。時不時會有小鬼溜來嚷著：「阿婆，我要撒嗯嗯（大便）。」於是她急匆匆邁著她那解放了的小腳，趕進屋裡拿痰盂。這個小鬼剛坐上痰盂，她又急匆匆回到廚房，不料那個小鬼又跑來了，喊著：「阿婆，我也要撒嗯嗯。」腔調都像她那吳儂軟語。孩子們常常會這個看

那個，一窩蜂地一個跟著一個說要大便，她不得不又往回走，索性拿出各家放在她家備用的所有痰盂。有時三、四個小鬼同時坐在痰盂上，一字兒排在走廊裡，構成一道特殊風景。

這種平靜的生活很快如流水般過去，一九六六年夏山雨欲來風滿樓，我們這棟樓也跟著搖晃起來。挺兒的親外婆剛從瀋陽大女兒家來我們家不久，就在紅衛兵抄家風暴中也挨了抄。她是絲綢進出口公司的英文翻譯，雖已退休亦不能倖免，抄的自然是我們的家，因為她與我們住在一起。接著，造反派天天勒令老人家到指定地點勞動改造。四樓阿婆對她深表同情，晚上常來串門百般安慰她，好話一句三春暖，一個老人撫平了另一個老人無限傷痛的心。至於挺兒，當然也仍靠四樓阿婆幫忙照顧。

沒想到我的芳鄰、外語系的黃老師也遭了殃，因為有學生揭發他曾在課堂上宣揚蘇修（蘇聯修正主義）思想，眉飛色舞，是存心影射現實，不滿我們的社會主義生活。於是，不斷被拉上臺批鬥。

革命的高燒叫黃老師實在吃不消，一天中午他竟從自家窗口跳樓自殺，幸虧中途被一棵小樹擋了一下，下面又是泥地，他只是跌斷了股骨，人倖免一死。阿婆聞訊後，立即下樓奔到出事地點，只見許多人在圍觀，就像魯迅筆下那些麻木的看客。老人家好不容易擠進去，看看黃老師還有得救，就大喊：「哪論（怎麼）沒人打

救急電話！？」誰也不吭聲。她邊嘀咕「格個（這）是啥格（什麼）世道啊」，便十萬火急地邁著她那解放了的小腳去公共電話間。

　　這以後的事就不多說了。很長一段時間黃老師家成了四樓阿婆重點照顧對象，黃老師的女兒仍跟挺兒他們一起上幼兒園。待到孩子們上中學的時候，文化革命早已結束，一家家都分到新房，遷居後雖然同在一個宿舍區，不過在不同的樓，彼此仍常有往來，我們夫婦和挺兒每隔幾個星期總會去看望四樓阿婆。直到一九八二至一九八四年間，孩子們紛紛從不同的大學畢業，有的出國留學，留在國內的則讀研究生，或立即就業，但誰都還是牽掛著四樓阿婆。

　　就在我帶挺兒去向四樓阿婆辭行的第五年，阿婆謝世了，是無疾而終，享年九十四歲高壽，算是有福之人了。她的福氣不僅有親外孫和外孫女，還有幾個不同姓氏的外孫、外孫女，她的生命和他們有一種超自然的連接和分享，超越了血緣。

2011年5月

第五章 萍水相逢益匪淺

日月更迭，潮汐易時，異國口音揉合國族鄉音，沒有寂寞，沒有孤單。彼此撥動愛的心弦，齊奏《這是天父世界》。

花旗處處有芳鄰

身處異國他鄉人地生疏，很怕寂寞孤單，甚至會產生畏懼心理，因而最怕「蝸舍無鄰伍」，即使「偏巷鄰家少，茅簷喜並居」，有一家緊緊相鄰，這也是好的。筆者移居美國二十四五年，曾幾度遷居，但不管搬到哪兒總有芳鄰相伴，頗感溫馨，深深覺得芳鄰乃是家居最不可少的。

剛來美住在普林斯頓長子挺兒家，沒想到左鄰一對中年老美夫婦對中文極感興趣，丈夫華萊士稍懂華語，妻子簡妮卻能說一口道地的中國話，真是喜出望外。我不諳英語，內子懂，我自然想有人教我英語；華萊士在大學任教並喜歡研究東方文化，迫切地想學中文，尤其是文言文，自然也需要有人教。於是他們便主動建議彼此一對一互教中英文，即簡妮教我英文，我妻教華萊士中文。我們求之不得，當然一拍即合。

簡妮非常認真，她發現我怕開口，怕自己發音不準而感到難為情，於是再三打消我的顧慮。她說當初她學中文，開始時結結巴巴不成句，也曾一度怕難為情，以致越怕難為情就越開不了口。語言本來是用嘴巴說出來的，不開口怎麼說話？於是厚著臉皮不管三七二十一，除了上課，碰到中國人就主動攀談，發覺錯了，就地請對方幫忙糾正，人家會很熱心的。如果你主動跟美國人交談，也必定會得到他們熱情幫助的。

　　每次上課時，她都叫我旁若無人地反複念單詞和例句，而且必須大聲；結束時她會布置一篇課文要我課後認真讀，絕不是默讀，而是一定要大聲朗讀，直到滾瓜爛熟能背誦。

　　每次她還寫幾個單詞要我課後造句。我有個不良習慣，造句往往是從字典裡抄現成例句。由於編字典的人不熟悉現代美語，使用的句式大都是以前英國人的說法，這在現今的美國已經行不通。簡妮看我做的造句，常常會笑出聲來，說：「My God！（我的天啊），你的句子怎麼都是『文言』？就好像過去的中國人穿著長袍馬褂戴著瓜皮帽，滿口……」她突然停頓了，好像說不出下面想說的話，我立即補上：「之乎者也。」她笑容滿面地頷首致謝，接著往下說：「只有美國人的老祖宗才會這麼說。你要記住，現代美語都是簡單明瞭的，不喜歡多餘的字。」經她一一訂正，句子好說、好記得多了，從此我特別留意生活中的美語。

　　為了讓我多實踐，簡妮特地跟她不住在一起的兄弟湯姆預先約好，叫他接我打去的電話，耐心地跟我交談。我戰戰兢兢地撥通電話，對方拿起話筒打了聲招呼，即問我要誰接電話，我說湯姆，他叫我「Hold down」。等了一下，他又拿起話筒說他就是湯姆，問我找他有什麼事？我一時愣住了，不知說什麼好。這時簡妮在旁邊指導我，叫我可以問這問那，儘管大膽提問。就這樣，以後我在家裡聽到電話鈴響，再也不會害怕去接了。簡妮

善於利用一切機會鼓勵我跟美國人交談，一次她的婆婆來了，她也叫我跟她隨便聊天，直到現在我還記得她婆婆說的一句話：Oh, I had a wonderful time!（哦，我有過一段美好的時光！）

可惜半年後，我與內子搬到兒子分到的普林斯頓大學研究生宿舍去住了，難得再與華萊士夫婦碰頭。新宿舍前後左右住的都是碩士或博士研究生，這些新芳鄰也都很熱情，每天見面都笑眯眯地主動跟我倆打招呼，如有什麼事找他們幫忙，必定會鼎力相助。每年暑假，有許多學生畢業了，那些家境富裕的學生往往將不帶走的傢俱搬到垃圾桶旁，樂意讓需要的人去撿拾。我們的新居正缺這少那，於是就去搬回小沙發、躺椅、五斗櫃之類的東西。倘若原物主看到了，他（她）會親自幫我們搬送進家門，令我們十分感動。

有時也會看到他們遇到點麻煩事，我們自然也會盡力幫忙解決。比如，一天傍晚我在前面一家屋後的草地上撿到一隻皮夾子，裡面裝有現鈔和各種證件，想來失主發覺後一定很著急，便趕快敲門詢問房主有沒遺失皮夾子，對方卻說沒有，我就打開皮夾給她看證件上的姓名，她說自己是剛搬進來的，不認識失主。我急得要命，便跟內子商量如何處理，結果由她送到學校辦公室招領去了。

待我們經濟情況有了好轉，便在離公司近的桑莫塞買了房子。我們居住的小區有老美、黑人、西班牙人、

印度人，像個大家庭似的大家友好相處，彼此都很客氣。我們的右鄰也是一對中年老美，丈夫馬可是醫療器械公司推銷員，妻子是中學教師，兩人極其恩愛，馬可總是喊她「Darling」（親愛的），所以她的名字就不得而知了。有意思的是他倆有個寶貝兒子，名字也叫馬可，只有四、五歲，跟我們長孫漢生的年紀相仿，我們都叫他小馬可。

　他們家跟我們家特別親近。每次孫子來看望我們，我們都會把小馬可叫來兩人一起玩，共享我們新買的玩具，共享美食披薩和其他點心。我們回中國探親，會買兩件童裝送給他。孫子也會到他們家去玩，他們成了很好的玩伴。我們大人則是友善的芳鄰，馬可知道我們年紀大，每次下大雪，總要搶先為我們掃去車子上的積雪，並鏟除周遭厚厚的雪堆，甚至還鏟掉門前的積雪。我看到他滿頭大汗，趕快遞上一盤熱氣騰騰的餛飩或餃子以示慰勞。一次馬可出海釣魚，釣得一條兩三尺長的海鱸，我知道這種魚在超市買是很貴的，味道非常鮮美，他竟割下一大塊送給我們，我倆分三次才吃完。

　馬可很有生活情趣。一天清晨我出外倒垃圾，看到蹲立在打開車門旁的他，昂著頭似乎在諦聽什麼，是車子發動出了問題？我忙上前詢問。「不，你快聽！」他用手指著遠方的樹梢，是一隻小鳥在啼鳴。我想我們兩家後院常有許多小鳥光臨，這有什麼稀奇？過了一會兒，他彷彿從沉思中返回，驚喜地告訴我這隻小鳥的名稱，

怕我聽不明白，隨手從車子裡拿出一張紙寫下牠的英文名字，繼續說：「這種鳥會發出十一種不同的叫聲，可以說是歌唱家。今天我出來遲了，才數到八種。」受他的感染，我與內子也開始注意欣賞鳥兒的鳴叫。

記得當時我回家曾翻閱英漢詞典，遺憾的是沒有馬可所寫的那種鳥名的詞條。現在寫這篇文章時，我又想起這件事兒，便上網查閱，獲悉：「美國的擬物鳥自己有奇妙的歌聲；還掌握了雄鷹的嘶叫聲、夜鶯的鳴聲、家禽的『咯咯』聲，惟妙惟肖，十分逼真，真不愧為全能的『口技演員』。」這大概就是馬可說的那種鳥了。

十年前馬可搬家去外地了，那天他們全家向我們辭行，彼此依依不捨，我們捧著小馬可的臉蛋親了又親。正是「相送情無限，離別自堪悲」。從此每次下雪或聽到擬物鳥叫，我們都會想到馬可，即使平時路過他們原來的家門前，也總會情不自禁地望一眼，「無論去與住，俱是夢中人」。

2014年8月8日

美國孩子的狂歡節

我在美國度過了三個萬聖節。第一次是一九八三年，在哥倫比亞大學任訪問學者的時候，突然看到超市裡增加了許多鬼怪的服飾和面具，感到很訝異，一打聽才知道還有這麼個節日。然而鄰居門上裝飾的骷髏畫，那天晚上哥大各幢樓門前的台階上、房屋拐角處，一個個面目猙獰的鬼怪，實在使我不勝驚駭。心想這些老美實在是吃飽了撐得沒事幹，除了母親節、父親節、情人節、國殤節、感恩節、聖誕節地過個不完，還要設個「鬼節」，實在令人難以理解！那晚除了小意大利區的遊行給我留下印象外，我完全是個局外人，冷漠、害怕。

在美國定居後的兩個萬聖節，我是在普林斯頓度過的，這才知道美國沒有兒童節，而萬聖節給孩子們帶來的歡樂，絕不亞於聖誕節。聖誕夜闔家團聚，接受家人的饋贈，在金光閃閃的聖誕樹下拆開一包包禮物，固然是甜蜜不過的；但在寒氣逼人、星光慘淡的萬聖節之夜，踏著不熟悉的小路，穿戴著鬼怪、黑貓、超人、天使的面具、服裝，去向鄰居們討糖果，遇到不肯熱情接待的小氣鬼，還可小施詭計捉弄他們一下，這對孩子們來說是多麼富有引誘力啊！他們的好奇心，愛動、愛鬧的天性得到了充分發揮的餘地。

一個親戚的兒子今年都大學畢業了，他還珍藏著小

學時代在萬聖節晚會上，得到名次的自製黑貓面具，甚至連每年這個晚上討到的最漂亮的幾塊糖果，也被小心翼翼地收藏在餅乾罐裡，因為這些是他兒時歡樂與溫情的紀念。我因此也被感動，開始喜歡起萬聖節來了。

　　就以去年的萬聖節來說，我們剛搬到普林斯頓大學附近的一個公寓區，華燈初上，「小巫鬼」們就一批又一批接踵而來。最有趣的是幾個一兩歲學步不久的胖小子，也由父母牽引著，一步一跌地走著，身邊的糖果袋拖在地上，兩手抓滿了「戰利品」，一雙雙尚不懂事的眼睛閃爍著驚喜的光芒。入夜，遠近接連不斷的南瓜燈中的燭光，拖著長長的變幻莫測的黑影，使周圍的氣氛顯得神秘又親切，而孩子們的笑語聲又給這個所謂魑魅魍魎的節日，增添了無窮的歡快與熱鬧，使人不得不感慨：這裡是孩子們的天堂！

　　今年我們又早早買好了糖果，且將平時留著的、人家贈送的最漂亮的糖摻進去，準備迎接上門的孩子，給以驚喜。我們不忍心讓興高采烈的他們，走到一幢不開門燈的黑魆魆的屋前（習俗規定：對不開門燈的人家不得討糖，也不能使詭計），失望而歸，這就是入鄉隨俗：在美國孩子的狂歡節給他們更多的歡樂。

1991年10月

我的「百科全書」
——記我的英文老師史蒂文

　　我在普林斯頓大學東亞系任訪問學者時，學校配給我一名英文老師，名叫史蒂文，每周一小時個別輔導。這些教師都是由退休人員義務擔任的。史蒂文是退休律師，身材魁梧，鶴髮童顏，聲音洪亮，有一雙睿智、深邃的眼睛，要不是他的手老有些顫抖，我真認為他可以去好萊塢充當演員。

　　他聽了我的自我介紹就說，我教了幾個中國來的學者或學生，你們英文的普遍問題是：聽得少，用得更少，我們就在這方面加強努力。有修養的美國人講話往往很客氣，即使你英文爛，也常表揚你。而他就很直率，一針見血，顯示了律師的本色。

　　一般英語老師往往只教你語言，史蒂文卻通過教我英文，讓我認識美國人，教我做一個美國人喜歡的人；教我學會如何在美國社會中生存。這些用英語來說叫「Beyond Language」，是指在語言背後的例如文化背景、心理愛好、習俗及日常應用等。我常常將生活中遇到的各種問題帶去請教老師，然後由他制定題目，他先講我聽，聽不懂就問，然後討論，順便學有關詞語。我每次帶一個小本子，將對話中不明白的詞由老師幫我寫下來，一年多本子上記滿了史蒂文歪歪斜斜的字跡，這

也是我「百科全書」的索引。他還布置家庭作業叫我實習，學著去用。

我們的講題從柯林頓競選開始，談美國的政治制度、稅務制度、福利制度。他不是會計師，但他教我重視報稅，為自己保存七年的種種賬單（包括電話、水電、薪水、銀行、信用卡等）；他教我如何利用福利制度，為自己爭取合法的窮人福利。在他的教導下我幾乎是屢試不爽，我們申請租到了低收入者公寓；後來又申請並購買了中低收入者房屋（由政府津貼一部分錢）；他教我去臺灣開會時如何申請往返所需證件；他教我如何寫簡歷應付面試，應付公民考試等等。我覺得上他的英文課，是我最大的享受，既是我的充電所，也是免費的諮詢所，上完課，我就覺得自己多了幾分自信心，敢講敢闖。他是上帝賜給我的「百科全書」。

例如我對美國人喜歡的總統夫人這問題感興趣，這是因為當時柯林頓第一次競選上臺，他的太太喜萊莉既聰明又能幹，可是叫人不能理解的是，她受歡迎的程度不及老布希太太，即那位慈祥的祖母型的芭芭拉。我好奇地問：美國這麼開放的國家，難道大多數人喜歡的還是賢妻良母型的女性？史蒂文笑答：不喜歡母雞打鳴是人之通性，若總統太太過分有政治頭腦，干預了總統的決策，一般人不習慣。自然也有例外，像小羅斯福太太，外貌平常但心地善良，經常察訪底層老百姓的生活，真心想通過國家的政策改善他們的生活。當總統在

國會上遇到問題時，她毫不避嫌地挺身而出，全力支持丈夫，她的勇敢和公義贏得大家的尊敬。

我說這是例外，例如大家寵愛的肯尼迪夫人賈桂琳，還不就是因為她漂亮？史蒂文嚴肅地指出我不公正，美國人對賈桂琳的愛戴不是同情，而是尊敬。當時肯尼迪剛領著美國度過了美俄冷戰危機最嚴重時刻，全國卻一下失去了領袖人物，在迷茫不安中，賈桂琳在丈夫追思儀式上表現的鎮定、勇敢，這形象深深印刻在老百姓的心版上，所以他們始終紀念她、熱愛她。上完史蒂文的課，我笑著跟他說，等我下一輩子做總統夫人時，我會給您發一大筆獎金感謝您的教導。

至於面試，他說不論你英語說得流利不流利，最重要的是使對方信任你、喜歡你，充分展示你做好這工作的自信心和條件。用自信的微笑介紹自己，卻不能無端地傻笑。談話中少用「I think」（我以為、我想），改用「I am sure」（我確定）之類的口氣。在自己開口談工資時，千萬不要賤賣，因為很多美國人認為便宜無好貨。作為外國人的面試者，他教我要設法掌握美國人的特點、想法，來制服他們從而達到推銷自己的目的。這種思想方法使我畢生受益無窮。

史蒂文之所以能起到這樣的作用，因他知識淵博、生活經驗豐富，這固然跟他過去的職業有關，也跟他睿智好學的性格有關，他雖然高齡依然每天像海綿似的不停地吸收。他又善於用簡練、幽默的話語來解釋並幫助

記憶。譬如教到Dictator（獨裁者）這個詞，他說他的妻子是個教授，從匈牙利還是社會主義國家時就逃亡到美國，所以學會了Dictator的方式管理他，不許他喝酒、不許他多吃，結果在選舉時她選共和黨，他還是選民主黨，可見Dictator是不行的。我笑答在家我也是個Dictator，不許先生多吃肉、多吃飯。這樣一來二去地用這個詞，我就記得特別牢。

每周史蒂文都花一定的時間在社區及大學做義工，既幫助了別人也使自己生活更充實。像教我這個學生，按校部規定教一年為限，但看到我的需要，他破例教了我四年，先在校部，後來他來校部對面我們辦公室，每周一次，其中只有因大雪和他外出休假才停過幾次。不論寒暑他都自己貼油費駕車來教學生，我只是每年送他一點聖誕小禮物，他還再三說：「你剛來美國沒有錢，別給我買禮物。你英文進步了就是給我最大的禮物。」

我在他的幫助下，順利通過移民官面試成為美國公民後，當時我已搬離普林斯頓，便寫信感謝他。不料幾天以後他給我寄來一隻盒子，內裝一面白宮某年某月某日升過的國旗，在禮品卡上他用蒼老、顫抖的筆跡寫道：「祝賀你成為公民，愛這個國家，上帝祝福美國。」我捧著卡片的手也顫抖了，感覺到他的愛心溢於紙上。每當我想起美國，我就會想起這面國旗，想起史蒂文。他不是什麼名人，是個很典型的普通美國人。

2001年4月

新安畫開花園州
——業餘畫家程廣森的故事

　　生活在廿一世紀的北美華人，什麼是應尊崇的孝道？有人以為入境隨俗，在這個國家無須講究這一套。有人以為接父母來享「洋福」，吃好，穿好，有空帶他們出去旅遊飽飽眼福，這就是最實惠的孝道。也有人盡力幫助父母去做喜歡做的事，實現他們一生未遂的心願，認為這才是克敦孝行。

　　在世界日報新書發表會上，筆者看到、聽到不少子女從物質到精神上熱情支持父母出書的事例，十分感動。最近又有幸了解到身邊一位朋友動人的故事，體現了孝道與中華文化傳承的密切關係。周刊報導新書發表會消息的第二天，出乎意料程廣森贈送了我們一本他的彩墨畫冊。他是一位沉默寡言、不愛張揚的老人，臉上似老樹年輪般的皺紋是他飽經滄桑的見證，雖然我們在老人日託中心天天相遇，卻從未深談過。這次我們從書畫談起，彼此相似的經歷，拉近了我們心與心的距離。

美麗的家鄉 多舛的童年

　　程廣森一九三七年生於安徽歙縣，此係徽州文化發祥地，今隸屬黃山市。這裡鄉野村鎮古樸建築與秀麗山水交相輝映，鍾靈毓秀，人文薈萃。著名的新安畫派即

孕育於境內，明、清以來從程嘉燧、漸江直到黃賓虹等
人，代代相傳師承不絕。廣森自小受到如此優美人文環
境的熏陶，早在他幼小心靈中播下了愛美的種子。

　　然而美麗的家鄉並沒有給廣森帶來好運。祖父因田
少無法養家糊口，便讓三個兒子去蘇州學生意。父親從
學徒起步，吃苦耐勞好不容易開了茶葉店，又拼命攢錢
購置土地，連分得的祖產總共近二十畝，想為不斷出世
的孩子們開條生路。

　　母親一輩子在家種地，民國時期生了四個孩子，由
於貧困缺醫，竟在短時期內夭折了三個，差點瘋掉的
她，急忙讓身為長子的廣森去蘇州上小學，以避厄運。
土改時村裡家家人多地少，按政策需劃一戶地主。恰好
他家人少地相對比較多，他母親就被工作組劃為工商地
主，鬥爭和欺凌伴隨她一生，不到五十即離開人世。父
親的店，也在公私合營運動中被政府兼併。

無緣入藝校 險些成右派

　　在蘇州小學讀書期間，廣森的班主任是一位擅長油
畫的美術老師，掛滿房間的畫啟迪了他的童心稚趣。此
時他的繪畫天賦已嶄露頭角，習作引人注目，贏得「小
美術家」的稱號。

　　小學畢業回到家鄉，他考進了名師輩出的徽州師範
學校（初級），有幸班主任兼美術老師的黃森也是畫
家。老師發現他頗有繪畫才能，不斷指導鼓勵他，畫技

大有長進。畢業時按成績他完全可以進徽州高師深造，卻因出身工商地主家庭，無法通過政審而得不到選拔，只得被派往鄉村小學當美術和音樂教師。

半年後他以自己的兩幅畫，去報考安徽師範學院藝術系。學院對他很感興趣，願意錄取，哪知地區教育局橫加干涉，揚言工作不滿三年不得離職升學。倘若冒險自動退職，高校政審通不過，再退回來連生計都會成問題。深造夢想破滅，幸好幽美的環境與天真的兒童，撫慰了他受傷的心靈。他依然時常寫生、素描，家鄉的綽約風姿、天籟神韻銘刻在心版，長留於筆端。

沒想到政治運動的魔掌還是放不過他，反右鬥爭中這個寡言的小夥子，竟因愛好集郵成了右派候選人，罪證是他收集的郵票印有清朝皇帝、袁世凱、蔣介石等人的頭像，豈不是向反動派頂禮膜拜？以致一再挨鬥。幸虧教育局長說集郵是一種愛好，不能據此劃為右派。然而，這居然成了定這位局長為右派的重要罪證。這以後大躍進、反右傾、三年災害，安徽餓殍載道，文化大革命更是雪上加霜。程廣森歷經劫難已成「驚弓之鳥」，再也顧不上畫畫。

兒女明心願　異鄉圓美夢

改革開放之風，將廣森和妻子桂娥苦心培養的兩個兒子吹到了美國。他們站穩了腳跟，一九九四年就將一輩子窩在黃山腳下的父母接來，見識見識外邦的世面。

美國對他們來說雖陌生，卻很快就適應了，這兒不搞政治運動，沒有講究階級出生的政策，人人自由平等，想幹什麼就幹什麼。

探親結束回到大陸，女兒嬌嬌看透父親的心事，特地買了顏料、畫筆、紙張登門，說：「爸，你再拿起筆來畫畫吧！」她還陪他四處造訪參觀，拍了三百多張照片，以備創作時參考。對他知根知底的黃森老師，也鼓勵他重拾畫筆。

於是這對老夫妻提前辦了退休手續，帶了紙張、畫具再度來美，住在新澤西州小兒子家，旭兒精心為父親開闢了畫室，從此開始了他努力攀登丹青高峰的第二春。這期間夫婦倆受洗信奉基督，格外開啟了愛的眼界，「問渠哪得清如許，為有源頭活水來。」年少時濃鬱生活氣息的記憶，對家鄉長期的觀察和積累，浩瀚徽州文化的薰陶，老師專業素質和造詣的潛移默化，全都融合在一起，他的繪畫熱情就像爆發的火山，一發而不可收。

在他的筆下，古樸廊橋、奔騰飛瀑、馬頭牆、雕花簷、清江黛山、棹聲牛群……，無不帶著清新的氣息，呈現一派平和景象。縱觀他的畫作，無論《放牧歸來》、《大河岩下人家》，亦或《太平湖中一小鎮》、《北背青山前臨巨石的農家》，均可看出新安畫派的遺風，工筆著墨勾勒，再細細敷色點彩，並借鑒油畫技巧，既達到貌寫家山、借景抒情之意境，又顯示出色澤

鮮明亮麗的畫面，形成獨特的風格。

「當我在工作室面對自己的畫作時，不管是成功或失敗，心裡都充滿了幸福，因為我是在做自己最喜歡做的事。」翻閱、摩挲一張張含辛茹苦的心血結晶，這位已逾古稀的老人不免涕泗滂沱。

他們夫婦深深愛上了美國，二〇〇〇年索性辦移民，廣森只管安心放手畫畫。旭兒看他成果累累，拿出部份積蓄讓他去國內開畫展。老同窗、國家一級畫家邵灶友卻勸他，在大陸開畫展先得賄賂地方官，辛辛苦苦畫的畫還不夠「送」他們呢，還不如出本畫冊，既可以留給子孫當精神遺產，也可以讓世人觀賞、評論，為文化傳承做貢獻。結果兒子幫助完成心願，交由中國書畫出版社付梓，豐富多彩的《程廣森畫集》終於面世。

社會要前進，創新和傳承是不可缺的兩翼。古人云「不孝有三，無後為大」，其實這只講了血脈的傳承，即傳宗接代；還有文化的傳承，即推陳出新，也不能說不「為大」。著述、繪畫、經驗、技藝需傳承，發掘老一代智慧的睿井，支持父母做喜歡做的事，幫他們出書、出畫集完成心願，如此盡孝道不也是傳承中華文化的一個重要方面嗎？

2014年7月13日

結廬桑郡戀風土

去年七月中旬的一天我去老人中心，正坐在沙發上看小說，突然背後有人拍拍我的肩膀；「快看，快看，我們桑莫塞的富蘭克林中榜啦！」我好奇地轉過頭來，見甘先生手拿一張報紙大聲笑嚷著，指著一條新聞給我看。原來是美國《金錢》雜誌和有線電視新聞網金錢網站，排出了美國二○○八年一百個最佳居住城鎮，新州Somerset（桑莫塞郡）的Franklin（富蘭克林鎮）不但入列，而且名列第五。我也不禁喜上眉梢，樂滋滋地說道：「雖不是狀元，也該算進士吧？你我都有福了！」

「我住的是老人公寓，你住的是兒子的房子，哪像你有福！」其實他也知道，能住在富蘭克林就都有福。說起來，我們的住房還是當年媳婦幫找的呢，便脫口而出：「真該送我家媳婦一張獎狀，謝謝她幫我們在這塊風水寶地上安了家。」甘先生卻又衝了我一句：「你的獎狀值什麼錢？可知道獨立戰爭時期，華盛頓率領大軍多次在桑莫塞轉戰南北，曾得到當地居民的大力支持和幫助，為此曾給予表揚，也許還發過獎狀呢！倘若你能弄到一張這樣的獎狀給你媳婦，這才是無價之寶呢！」說發獎狀，他是開玩笑，這兒曾是美國國父鏖戰過的古戰場，倒確實是真的；而且，在兩次世界大戰期間，這裡先後均為重要軍事基地和裝備製造、儲藏之地，功不可沒。

　　回想十三年前，我和老伴在桑莫塞一家電腦公司工作，為便於上下班便決定在附近找房子。那時我們只知道學區好、房價高的地方，是不少富裕家庭的首選；像Bernardsville（伯納維爾）、Warren（華倫）、Montgomery（蒙哥馬利），就有一些富有的親友住在這些地區。而我們既無錢，又沒小孩上學，當然無需考慮學區，只要能在這兒找到便宜的住房即可。恰好媳婦在房地產公司工作，她告訴我們，美國人的住宅區往往是富人和貧民摻雜在一起的，桑郡也有房價比較低廉的區域，像Bridgewater（橋水）、Watchung（華強）、富蘭克林等十多個城鎮，就看你的選擇了。

　　為增進我們對周遭環境的了解，媳婦特地駕車帶我們逛了一圈；穿過一片片綠油油的玉米地，毛色黑白相間的奶牛在平坦的牧場上啃著青草，屋邊矗立著紅色荷蘭式大穀倉……我們恍若到了美國中部農業區。然而，這確實是眾多藥廠、科技公司所在地的美東新澤西州的桑莫塞郡。於是我們很快就選了這靠近郊區、半呈農村景象的富蘭克林鎮定居下來。

　　這兒許多社區都有連棟住房（Townhouse）出售或租借，房價不貴。屋前屋後大都有一叢叢小樹林，麋鹿、野兔、松鼠是住戶的好朋友，各式各樣的鳥兒也喜歡來這裡築巢安居。有年冬天，我家後院不知從哪兒跑來一隻個頭高大的野火雞，用牠的長喙「篤篤篤」地猛敲落地玻璃窗，想來是對屋內種植的花草感興趣。後來才知

道，富蘭克林還有佔地六十五英畝的原始森林，以及沿著十九世紀運河的拽船道。我家那位「不速之客」的老窩也許就在原始森林裡，牠竟然穿過無數片小樹林跋涉來到我家，也沒人逮牠；過了一會兒，牠又昂首闊步地走開了。

　　原先我是個教書匠，住進新居後的一大享受，就是隨時可去富蘭克林圖書館「膠書」，被書膠住的我每每一坐就是一個上午。擴建後的圖書館尤其吸引人，整體均以玻璃結構，不僅四壁由大塊玻璃板築成；連屋頂也全用玻璃，晴天館內充滿溫煦的陽光。一次在書架上偶然看到整整一格，全都是介紹桑莫塞和富蘭克林的圖書。瀏覽之餘，方知桑莫塞在新大陸居然算得上歷史悠久，乃是美國最老的郡之一。一六八八年五月就獲特許建郡，是從Middlesex（蜜德薩士郡）分出來的，位居新州中北部，郡治為Somerville（桑莫維爾），總面積七百九十平方公哩，原以農業為主。上世紀六十年代，大量新型企業在這裡快速成長，公路的擴建和鐵路的開拓，讓紐約市許多上班族把此地由鄉村轉化的社區，作為逃避城市喧囂的居家首選。桑莫塞有兩個著名公園，即Duke Park（杜克公園）和Colonial Park（殖民公園），使該郡成為花園州的花冠，更增添了它的嫵媚和吸引力。

　　圖書資料引發了我的好奇心，自然想按圖索驥親自去看一看、嗅一嗅、摸一摸這神奇的花冠。杜克公園位

於206公路旁，是美國菸草大王James B Duke（吉姆斯‧杜克）於一八九三年購地建築的，從Raritan River（拉瑞登運河）引水造湖，沿溪築橋鋪路，工程浩大。現今我們所看到的園景，是他逝世後他女兒Doris（道瑞絲）建造的。一九三三年道瑞絲接受了父親的遺產，成為當時世界上最富有的女人。她多年堅持親自設計，不斷完善創意，跑遍世界各地了解各國園藝特色、學習傳承技術，並將各類花卉種籽帶回美國試種，這才形成今日英、法、意、中、日等庭園奇葩異花鬥艷的景觀。如同窺視巨大的萬花筒，瞬息萬變，不同的時間、不同的陽光、不同的角度，色彩迥異，讓我在花的芳香與氤氳中暈眩。該園直到一九六四年才開放，遊覽由導遊領路，不用買票，電話預約即可。

以前我曾遊覽過溫哥華的維多利亞公園和賓州的長木公園，均需高價購買門票；萬萬沒想到，自己所在的郡就有可與它們媲美的公園。而且無獨有偶，殖民公園位於Delaware River（達拉瓦河）與拉瑞登運河交接處，靠近514公路；原先也是私人花園，卻沒有圍牆，隨時可以自由出入。其中玫瑰園十分惹眼，植有四千多株近三百品種的玫瑰，石子鋪的彎曲小徑圍繞著水池，兩旁全是花壇，插著標明花名的牌子，有的還寫著：Please smell me（請聞聞我）、Please touch me（請摸摸我）。一個個白色拱門上也爬滿了玫瑰，每年六、七月間常有新郎、新娘來這裡拍照。

　　出玫瑰園轉個彎，就是Wedding Park（婚禮園）。大停車場畔有個免費礦泉水龍頭，只要帶空瓶來灌就行，如有紙杯則隨時可飲。整齊厚實如茵的綠草地，彷彿就是新郎、新娘的地毯，兩旁有成雙成對的花叢；新人、情侶們手牽手通往鮮花的愛徑和拱門，多麼浪漫！近旁不乏參天大樹，以愛蔭為參加婚禮的賓客遮陽蔽光。這兒歡迎新郎、新娘攜親帶友來開派對；會場免費，餐桌到處都有。園內遍設各類運動器械，還有成人及兒童高爾夫球場、網球場，船塢泊著許多小舟，遊客可隨興選擇。新郎、新娘結束派對後，盡可以泛舟嬉戲一番，再在小舟上或夕陽染紅的大樹下，在賓客和野鴨的簇擁下拍幾張照，多有情趣！

　　當然，生活不能是天天談戀愛、辦婚禮、逛公園，重要的還得看居家過日子是否方便，諸如醫院、學校、交通、購物的條件。桑莫塞郡自身有桑莫塞醫院Somerset Medical Center（桑莫塞醫院）和社區學院，周邊北有著名的Robert Wood Johnson University Hospital（羅伯渥·約翰遜醫院）、Saint Peter's University Hospital（聖彼得醫院）和Rutgers University（羅格斯大學），南有常青籐Princeton University（普林斯頓大學）。以中學來說，且不談富人住的學區質量，單就橋水鎮拉瑞登高中和富蘭克林鎮高中而言，二○○六至二○○七連著兩年，都有華裔學生榮獲全美優秀學者獎。郡內很多人家子弟高中畢業後都選擇羅格斯大學，學費不算貴，教學質量也不

錯。我與妻子退休前都在羅大亞洲系任教，從家裡開車不過十二、三分鐘就到了。聖彼得和羅伯渥・約翰遜兩個醫院相比鄰，我妻子患舌癌期間需做放療和化療，還曾兩度住院，若不是醫院離我們家近，那就慘了。至於購物，到處都有商場，方便得很。

　　桑郡可說是多族裔和睦相處的大家庭，每年亞裔傳統月都舉辦慶祝活動。這裡也是老人的樂園，不但有多個設備優良的老人公寓，還有容納人數相當多的長青老人日托中心；另外，新州最大的華人基督教會——擁有兩千餘人的若歌教會也在該郡。社區管理、鄰里關係良好，我所在的社區，白人、黑人、印度人、西班牙人和華人夾雜著住；我過去的的芳鄰老美，冬天總是幫我鏟雪，現在的西班牙老太每次在我們外出旅遊時，都會主動幫我們照料前後院種的植物。

　　我遠從大洋彼岸的上海灘插隊落戶桑莫塞，年深日久，越來越愛桑郡風土古樸、淳厚，越來越愛桑郡人情純真、善良。此時此刻，我願坦誠地道出我的心裡話：結廬桑郡戀風土，常把他鄉當故鄉。

2008年秋

第六章 邊遊四海邊抒懷

　　足跡遍及海內外是樂趣，眼睛的敏銳、心靈的感悟是收穫，鍵盤上電閃雷鳴，才能最後在螢屏上留下心靈的投影。

覽島國神奇探天堂奧秘
——拿騷、天堂島之旅

哥倫布日過後趁機票打折，我倆決定去哥倫布當年登美洲大陸的西印度群島之一Bahama（巴哈馬）一遊，選定Nassau（拿騷）和Paradise Island（天堂島）這一對姊妹島。拿騷是巴哈馬首都，離美國佛羅里達僅九十多公里，當地人也說英語，美元通用一比一，十分方便。

野生動物園 火烈鳥最迷人

抵達拿騷已是午後，抓緊時間趕往市內參觀Ardastra國家野生動物園。園子不大，說是動物園其實也是植物園，除了常見的芭蕉、椰子樹，還種有不少熱帶花卉，紅、黃、藍、綠相間，給了野生動物一個良好的生活環境。

一進門便是熱帶植物遮蔭的曲徑小道，行在其中汗水頓時消失，連呼吸都覺涼爽。兩旁樹木、水池、假山上棲息著各種熱帶動物，有蟒蛇、鸚鵡、獼猴、山貓、豹子等。對人沒有危害的動物如鸚鵡、孔雀都放養，牠們跟遊客很友善，即使摸摸也不拒絕。

最吸引人的當數火烈鳥（Flamingos），成群結隊悠閒地在園內散步。渾身白底泛紅，頸長腿長像鷺鷥又像鶴，嘴巴有點像雁和鴨子，上喙小下喙大且彎，腳趾

間有蹼，鳴叫聲也像雁。飲水很奇特，竟將頭和嘴巴彎成倒鉤狀。奔跑時展開豐腴的雙翅，翼下羽毛火紅鑲著雪白，加上瘦瘦長長的腿，人間舞蹈家無與倫比；堪稱島國國鳥，性溫和、優雅，見人不躲不怕，美豔卻不炫耀，只有園工將牠們集中在演出場地，牠們才會聽口令按序向四周觀眾頻頻搖頭擺尾致意，贏得陣陣掌聲。

鼓足勇氣潛水 觀海洋世界

拿騷是個既古老又現代的城市，四周島嶼環繞，沙灘長而潔淨。我們坐馬車在港灣街溜躂，一路邊欣賞島國風光邊聽車夫介紹。巴哈馬原先是英國殖民地，獨立後仍認女王是他們的最高領袖，因而對其十分尊崇，曾專為她手工雕塑了長長的石階。馬車經過那裡，我們特地下車近前參觀，只見石階高達數十級，據說當初女王曾宣佈，奴隸從這裡下去就可獲自由。唯一遺憾的是未能參觀海明威故居。

置身島國就得體驗和享受海上滋味。一次坐船航海觀看海景，原準備去著名的玫瑰島觀光，並在海灘曬太陽。哪知道快到達時同船的遊客都願意下海潛水，而我倆一個有高血壓、腦動脈血管瘤，一個因癌症裝了胃飼管，都不宜潛水。看看人家穿了船上供給的救生衣、潛水鞋，只套一個供嘴巴呼吸的通氣管Snorkel，聽完船員講解Snorkeling（用水下通氣管潛游）要領，一對對年輕人和白髮蒼蒼的老頭老太都先後下了海。老爺子耐不住

竟也不甘示弱，一定要一試身手。總算潛游沒敢遠離航船，只在附近戲水過過癮，船員一直緊盯著，還撒了一把食物把魚兒引來，老爺子得意極了，可惜另一位卻緊張得忘了攝影。事後老爺子自豪地說：「既然來了，哪有不親自嘗一下的道理？」

坐潛水玻璃船又另有一番滋味。船兒固定在海中，遊客擺渡過去，下到底部玻璃艙內，船才開始航行。先是航行在水草叢中，一大片一大片整整齊齊，不禁讓人懷疑是置身海底，還是踩在陸地精心培育的草坪上？奇怪的是卻看不見魚兒蹤影。經導遊解釋方才明白，這種海草會釋放出電極擊打魚類，所以沒有任何魚會蠢得接近這片海域。可是就在毗鄰的海底，海螺、海龜、珊瑚、水母、群魚自由游弋，還有無數不知名的姑且以色、形稱之為斑馬魚、黃尾魚、劍魚，橘黃、洋紅、嫩綠、五光十色，我們好像在觀賞牠們的時裝表演。好神秘的海底王國！

神秘海島王國 天堂島心臟

天堂島與拿騷僅一橋之隔，可坐TAXI，也可坐水上TAXI。天堂島之美顧名思義，陽光普照下的大海並非海天一色，而是很有層次：湛藍的天空顏色較淺，遠處接天邊的海屬海藍，顏色較深，島嶼周遭也許受蓊蓊鬱鬱植物的影響，海像翡翠般喜人的碧色，與海藍交接處有一條亮晶晶的光帶，從東貫穿到西，乳白色的沙灘以

白色波濤鑲邊，柔軟地纏裹著勃動的海面。這兒沒有污染，據說海水是全世界最清澈的，陽光、海水、沙灘、新鮮空氣都按上帝賜予的原樣長存。

　　Atlantis（亞特蘭蒂斯）酒店係以傳說中失落的Atlantis王國命名，是天堂島的心臟，當今世界最富麗、最奢華的逍遙場所之一，粉紅色藍頂的兩幢高大建築金碧輝煌，全都以金色雕塑，大理石、水晶裝飾，廳堂如皇宮、神殿，難怪富人洶湧而至。已故歌星麥克‧傑克森曾一夜花四萬元住宿這兒的套房。

　　但對我們來講，最想參觀的是下面佔兩層樓的水族館。碩大無比的連體玻璃櫥窗，上下左右環繞整座建築內牆以及天花板，全方位三百六十度視角，三百多種、數萬條魚悠游在你身旁、頭頂和腳下，稀有的大海龜，攻擊性的獅魚、鯊魚，超過幾百磅的石斑魚，帶刺的龍蝦，變化莫測的水母等，令人目不暇接，參觀者還可以伸手去抓活的海螺、五星魚。大樓近旁還有全球最大的室外水族館，佔地十四英畝，養殖一百多種魚。

　　Atlantis原先是史前文明高度發展的一個王國，相傳一萬兩千年前一夜間突然消失沉至海底，最早記敘在柏拉圖的《對話錄》一書中，有點像歐洲被火山突然埋沒的龐貝城。現在展覽在我們面前的有這個古老王國的文字、壁畫、儀器實驗室、導航室、噴水池，還有叫人不可思議的潛水艇、潛水衣物、珍藏心願的寶櫃等。這可不是現代人想像出來的科學幻想片的翻版，而是海底潛

水考察所見實物，陳列的究竟是打撈上來的文物還是模擬品？不得而知。現在一件件擺在龐大的海水櫥窗內或走廊裡，彷彿這兒就是沉睡在海底的亞特蘭蒂斯王國，亦幻亦真，古老、神秘甚至魔幻，讓人瞠目結舌。參觀完畢走上現代化酒店，令人感到強烈的反差，原來繁華、先進、輝煌都是暫時的，可能消失於剎那間。

民風淳樸憨厚 沒有銅臭味

拿騷和附近島嶼曾是海盜出沒、隱匿之處，原先本地人也有不少參與海盜活動，而今海盜博物館聞名遐邇。我們進入館內如同上了海盜船，海盜劫持船隻、搶掠財物的凶惡形象，被捕者受酷刑的慘狀，更有影視效應的黑夜火併場景，充滿恐怖、詭秘氣氛，讓人毛骨悚然。沒想到過去被稱為海盜島的拿騷，現在卻是一片和平景象，民風淳樸、憨厚。

就從公共秩序來看，公車每輛連加座僅有二十多個位子，沒有立位，每到一站坐加座的乘客，都自動挪位讓人上下車，每每要挪三四次，但沒人嫌煩，全都彬彬有禮。車資一律一元二角五分現金，無人逃票，駕駛兼售票。

做買賣的也很厚道。一次在路邊攤上買香蕉，說是五角一根，我們問這是當地產品，為什麼這麼貴？攤主和藹地解釋道：盛產香蕉的是巴拿馬，不是巴哈馬，我們這兒出產的香蕉從不用農藥催長，因此生長期較別地

的長。原來是有機無機之分。我們拿了一串五根，準備付兩元五角，正在找零錢時，攤主卻主動表示第五根就送你們了。後來在鬧市禮品店買特產RunCake，巴掌大的一盒蛋糕竟要八元多，不免嫌貴，營業員非但沒取笑，還主動介紹我們去街道對面產銷合一的商店，同樣的貨只要六元多。做生意如此老實，真是少見。

　　島上名人別墅很多，尤其天堂島住的都是有錢人，本地居民大多住在臨近島嶼的丘陵地，生活落差很大，但沒有人憤懣不平。這兒視遊客為上帝，百姓生活不少靠旅遊業，其次是編織草籃。路上馬車與汽車同行，汽車司機會禮貌地讓道給馬車，沒有吆喝，沒有爭執。傍晚六時太陽剛要下山，人們即日落而息，商店準點關門，公車停駛，大家都回家過簡樸生活，絕不貪戀多賺錢。

　　島上實行高中義務教育，放學時滿街都是穿校服的學生：男的領帶、灰色長褲，女的過膝裙、長筒襪。他們畢業後有的從事旅遊業，有的前往古巴或美國讀大學，再回來服務於金融業，原來巴哈馬也是世界有名的金融中心。居民百分之七十信仰基督教新教，基督愛的精神改變了人們原先的海盜暴戾之氣，抑制了銅臭味的擴散，讓巴哈馬變得和諧、寬厚，民風淳樸。

五天島國之旅 快活像神仙

這趟旅遊我們每天睡到自然醒，即使乘出海的航船，也安排在十一點以後。選住度假屋，既便宜又隨意。拿騷的度假屋、旅館遍地皆是，都在海邊。我們和小兒子三人住藍水屋，整幢三層樓一個單元，內有三臥六床兩個半廁所，客廳很大，還有廚房、洗烘衣機，用品齊全，頗有家的感覺。晚上回來洗了澡，還有中文電視看。度假屋各有自己的海灘，可去海邊看日出，游泳，不過海浪力道大，有一次洶湧而來的波濤，竟將站在海水中的老爺子擊倒滾了三四滾，拋在海灘上，幸好水不深，旁邊還有保衛。

這兒海產豐富，各式魚類、龍蝦、海螺應有盡有，海螺特別聞名，只是商店都六點打烊。第一天我們不知道這規矩，六點過五分進了當地最大的雙龍中餐館，只見椅子都擱在桌上，不接客了，幸好還有十分鐘可買外賣帶回去吃。這裡本地小餐館林立，可嚐到當地口味的各種食物。第二天傍晚我們特地逛到海鮮市場Arawak Cay（阿拉瓦客人島），點了一客海螺色拉，親眼看到是用剛挖出的新鮮螺肉做的，十元。又買了一客龍蝦飯，係油炸龍蝦肉、油炸香蕉和當地米飯拼盆，二十五元。因太鹹均未吃完，便打包帶回去，次晨加水再煮一下，放點麵條，竟成了味道鮮美的海鮮麵。

島上交通方便，不用在驕陽下等車、等船。我們這次起先是找出租車，後來發現藍水屋門口就有10號公

車，等候時間不會超過五分鐘，比出租車來得還快，直達鬧市和海濱各渡口。水上TAXI和馬車也都乘過，悠哉悠哉，價錢都有規定，不算貴，乘客無需擔心挨宰。五天島國之旅，過的可謂神仙般的生活。

　　此文剛寫完，驚聞珊迪颶風過巴哈馬造成三十多人死亡，實為之哀慟。

2012年12月2日

永遠定格的古城龐貝

六月的意大利陽光燦爛，遊客大多戴著遮陽帽、太陽鏡。我們遊覽的目的地龐貝異常燥熱，導遊開玩笑說那是因為火山灰燼的餘熱還沒有散盡。幸有那不勒斯的海風徐徐吹來，給遊人帶來細許涼意。

壯觀的龐貝城牆

我倆先在古城周邊徘徊。城牆雄偉高大，據說總長度約四千八百公尺，有七扇城門和十四座城塔，至今尚未完全挖掘出來。有些地方已坍塌，但其體態、走勢和規模仍清晰可辨。要不是有發掘後栽種的高聳的樹木襯托著，它有點像一頭巨獸的下巴骸骨，缺了門牙，空洞又無奈。龐貝是公元七九年八月二十四日中午，被十公里外突然爆發的維蘇威火山的灰燼所埋沒，灰塵深達六公尺，自然連高高的城牆也從此沒不見頂。直至一千六百多年後才被發現，十九世紀開始慢慢挖掘出來重見天日。我們眼前呈現的這座古城，永遠定格在被湮沒的這一歷史時刻。

其實龐貝早在公元前六百年左右就已建城，五百多年後被羅馬佔領，經濟、文化深受其影響，很快發展成為羅馬帝國第二大城，壯觀的城牆正是其標誌性建築。

公共廣場熱鬧 貿易集市繁榮

　　走進公共廣場又是一個世界，全名該叫阿波羅神殿中心廣場，四通八達。廣場上昔日的方形會堂曾是法院和商業交易場所，而今已蕩然無存，唯殘留的磚砌圓柱底座還很顯目。阿波羅神殿就在會堂對面，引人注目的科林斯式（希臘古典建築四大體系之一）圓柱，儘管柱體已斑駁剝落，然而依舊挺拔地等距離矗立著。

　　集市貿易曾活躍於廣場的東北面，市場上農產品、水產、編織物應有盡有。我們興致勃勃地逛了魚市場，場內有大的蓄水池遺址，當年可養活魚待沽。兩邊都有巨大的鐵欄杆屋，專門批發各種各樣的海貨。想當初龐貝人真是好口福，沒有吃不到的海鮮。現在屋內陳列著很多挖掘出來的日用陶器，五花八門。

人人酷愛的娛樂場所

　　龐貝受羅馬文化影響，當時時尚的娛樂活動也是角鬥。我們參觀的是可容納七千觀眾的角鬥場，場地中央既大又平坦，周圍有很多進出口，便於觀眾在短時間內進場和散場。寬大的看臺呈階梯型，係用雕琢過的矩形石頭砌成。我們仔細數了一下，足足有二十級，看來跟當今大城市的體育場無甚區別。角鬥表演該與古羅馬差不多吧，流血、傷殘和死亡才使觀眾覺得刺激，過癮，時隔千百年似乎還能聞到這血腥氣。

　　龐貝人喜歡的另一種娛樂是戲劇。城裡有大劇院、小劇院，還有圓形露天大劇場兼角鬥場，因時間緊迫，導遊來不及領我們一一參觀，以致對龐貝人的娛樂及其建築我們只見到了一角，實在深感遺憾。

街道住家整齊 交通設施先進

　　導遊說，龐貝城總面積大約一點九平方公里，居民兩萬五千人。我們徜徉於大街上，見有東西向、南北向兩條筆直平坦的大街相交，導遊圖指明正好將全城分成九個區域，每個區域又有無數街道和小巷。主街馬路很寬，至少可同時容納兩輛馬車並排行駛。路面係大石板鋪成，交叉路口橫攔著一塊塊「隔車石」，讓飛馳而來的車輛不得不放慢速度，車輪只能從石頭夾縫中緩緩駛過。這不能不讓我們想起現代交通設置的「減速丘」或「斑馬線」，一千九百多年前的龐貝人竟設想得如此周到。路旁的人行道高出馬路，是用鵝卵石鋪就的。

　　街道兩旁居民住家鱗次櫛比，挨家挨戶有門牌號，有的人家一走進門就有水井和小院。走進大戶人家就更講究了，生活十分奢華，用大理石鋪砌的池子，邊緣雕刻著花紋，可沐浴亦可供小孩戲水；家中有鍋爐房，通過地板下的水管供應熱水，跟現代的暖氣管道差不多。

　　我們僅參觀了一兩條街，據說有的街道上還留有磨坊、酒店、客棧等遺跡，其中小酒店最受歡迎，因為龐貝人都喜歡飲酒。

奇異的供水系統

走在龐貝街道上，沒帶礦泉水沒關係，因為在十字路口有公共水槽，想舀點水解解渴或抹抹臉均無問題。我們本以為這是打上來的井水，或者是現在專為遊客準備的自來水，經導遊解釋才弄明白，原來這裡面是天然的泉水。對此我們很感興趣，都豎起耳朵聆聽其詳。

龐貝人實在聰敏，他們凌空架起石質水槽，像飛龍似的將城外山頂的泉水導入全城最高的水塔，再分流到四面八方的公共水槽。這樣除了有水井的人家，一般居民也都可以方便地解決日常用水問題，連富人家庭園的水池和噴泉也兼顧了。這樣先進的供水系統，虧龐貝人想得出！

浴室文化與壁畫藝術

龐貝人像羅馬人一樣喜歡洗澡，這不僅出於享受舒適，也是朋友約會、商賈談交易的最好場所，其作用有點像中國的茶館。聽說城內建有三個公共大浴場，終日人來人往川流不息。

浴場內按性別分有男女浴室，都設有熱水池和冷水池，地板用石頭墊成懸空狀，鍋爐房傳過來的蒸汽就在地板下循環不息，使室內溫暖如春。浴室的天花板呈圓拱形，讓蒸汽凝成的水滴順勢而下，以防止滴在浴客身上。

　　浴場在高處有透進陽光的窗戶，牆壁上有許多石頭塑像，是一個個站立的奴隸（也可能是戰士），大小不到半公尺，彷彿正合力舉起房頂。室內像個大宮殿，牆上還有精美的壁畫，色彩雖已暗淡卻依舊栩栩如生。為保護古蹟不准用閃光燈拍照，所以我們拍的照片均模糊不清。據說整個龐貝城壁畫極其豐富，大大小小的建築物上均可覓得蹤跡，令人不得不為龐貝人的藝術才華所折服。

　　當參觀裝在大玻璃櫃內、一具具臥斃在火山灰堆裡的龐貝人屍體時，他們的姿態有的跌倒仰臥，有的撲倒側臥，滿透著緊張恐懼、絕望無奈的神態，我們心中不免升騰起一種莫名的驚懼和感嘆：儘管當年龐貝人那麼聰明、能幹、出類拔萃，儘管古城那麼繁榮、奢華、雄偉壯觀，在創造世界亦能毀滅世界的上帝面前，人總是軟弱無力的，說毀滅頃刻間就毀滅，也許這就是千百年來龐貝告訴人們的奧秘。

2013年2月24日

喬治湖秋色醉人

十月中下旬是賞楓的最佳季節，周六下午我們一家早早出發，向位於紐約州北部的喬治湖行駛。

「迎春花」在樹梢綻放

新澤西州內公路兩旁，樹木基本上還是綠色，偶爾雜有紅、黃。一個多小時後，到了紐約州境內，就像川劇裡的「變臉」那樣，突然間黃竟成了主色。過去在校園裡看到樹葉漸漸枯黃，覺得就像病人蠟黃的臉色，頓失生氣。現在觀賞這一片燦爛的黃色，卻簡直叫人驚訝不已。

原來只知道「霜葉紅於二月花」，卻沒見過金榆勝於迎春花。美國每年春天一大片一大片的迎春花，使人欣喜春天的到來。然而榆樹在北美的秋天，竟然也猶如迎春花長上了樹梢，嫩黃、杏黃，越往北走才摻雜更多的橘黃、金黃。試想沒有造物主賜的「黃」，楓紅也就不會顯得那麼豔，秋天的畫板就沒那麼鮮活。說觀楓其實不全面，榆樹、橡樹、楊樹、櫻樹、松樹……，上帝早給了它們各自在自然界畫板上的地位。可惜車速太快，手又抖，能拍下來的不見得美，攝入心版的才永不褪色。陸游有詩云：「詩情也似並刀快，剪得秋光入卷來。」畢竟是詩人感覺敏銳，句句入殼。

喬治湖的鏡中之花

抵達喬治湖鎮（Lake George Town）夜幕已經降臨。匆匆將行李塞進旅館房間，就按接待的人指引，穿上棉外套去龍蝦餐館的陽臺上等候用餐，為的是能俯瞰夜景，還能觀看為慶祝加拿大感恩節而放的煙火。

可煙火是在湖中由Fire Boat（煙火船）發射，我們怕看不清，最後還是步行到了湖邊。這裡早已人潮如海，沿湖的石臺上最好的位子，已被本地的數位耆老佔據，腿上蓋著帶來的毯子，溫馨地背靠背等待著。

八點半一到，滿樹金銀在湖面升起，燦爛的煙花既開放在空中，又倒映在水中，像一個成熟的姑娘在「對鏡貼花黃」。怪不得人們說喬治湖的煙花也是一景。

我們隨著人群逛了一下小鎮，沒有什麼特色，鬼屋什麼的也許有年輕人喜歡的驚秫，我們卻不想受驚嚇，還是卯足了精力，準備第二天遊湖爬山。

一地金色的勳章

第二天早餐後就去湖邊，湖水清澈見底。遠方朦朧的山嶺還在沉睡之中，晨靄和氤氳是她均勻的呼吸，預示醒來後又將是快樂的一天。

趁十點蒸汽遊輪開船之前，先去旁邊的「戰地公園」（Lake George Battlefield Park）一覽。公園因一七五五年的喬治湖之戰而命名，當時的戰鬥十分慘烈。高高的

青銅像建在樹叢和草地中央，沒見栽培的花朵，卻更能顯示出將士們的驍勇和英氣。一棵滿身披金的榆樹，與年輕挺直的松樹作伴，一陣微風吹過，樹枝如豎琴的弦被輕輕撥動，彈奏出對英雄的頌讚，也灑下一地金色的勳章。公園旁有博覽館，介紹本地歷史，可惜還沒開門。

我們又驅車上山，這是環湖右邊的山丘。山的陡壁下面竟然都有人家。各色各樣的建築依山傍湖隱藏在樹叢中，實在羨慕他們的仙居生活。可惜已經買好票的蒸汽船已鳴笛催遊客登船，只得趕緊折回，在汽笛奏完美國民歌後才正式上船。

變幻莫測的湖光山色

我們乘坐的是Steam boat Minne-Ha-Ha，航程一小時，每人十三元多，老人打九折。早上這種船有兩班，十點和十一點半，聽當地人說第二班船往往人滿為患，不容易佔到好位子。我們挑了第一班。因天色較早雲層較厚，天上時有棉絮般的雲飄過，雲朵的變幻增加了動感，光線和色彩都在不斷變化。

太陽被雲遮住時，湖面的粼粼反光就趨黯淡，顯得沉鬱、靜謐；太陽鑽出雲層，湖面有無數金色箭鏃，是那般生意盎然、嬌美千姿，方更突出周圍山巒上的色彩。楓葉的紅其實並非一抹的紅，而是有粉紅、緋紅、絳紅、深紅、紫紅，多種的紅才顯得動人。精彩的是在

這裡：紅的跳，黃的嬌，綠的翠，紫的艷，金的笑，爭奇鬥豔，又齊投向湖面，留下集體倩影。神創造了光才有了一切，這都是光在起的作用。中國人的成語「湖光山色」，有了湖光才更襯托出山色，實在是有道理！無論手機、照相機，都無法攝盡這大自然的美。詩人和畫家聞一多在《秋色》一詩中嘆道，他要「喝著、唱著、聽著、嗅著秋的色彩」，真的只有用全部的感官去感受，用心靈的攝影機去捕捉，才能享受這淨化靈魂的美。

湖邊人家不論豪宅，還是普通民房、假日屋，家家都有船塢，船就是他們的交通工具。蒸汽船駛過湖中一個很小的島，居然有人家藏在樹木遮掩處。一個十歲左右的孩子，秋風中卻只穿著一件藍色的汗衫，在紅色小舟中划著雙槳，一邊還不斷向我們招手。一小時飛快過去，在汽笛的奏樂聲中我們又回到了岸邊。

當日正逢重陽，真想駕車登高上展望山（Prospect Mountain），從山頂俯瞰喬治湖的景色，一定能給人更多驚喜。然而時間不允許了，只得留下一些念想，吸引我們下次再來。傑佛遜（Thomas Jefferson）總統曾說：「喬治湖無疑是我見過的最美麗的湖水，無與倫比。」我們的足跡一定會一次又一次地在湖畔留下。

2013年11月3日

鱈魚灣人鯨秀溫情

鯨魚是海洋裡的龐然大物，也是世界上最大的哺乳動物，體形像魚，其實是獸，早就想一窺真相。正值秋高氣爽，便攜妻去世界十大觀鯨聖地之一鱈魚灣一遂心願。鱈魚灣位於麻薩諸塞州東南部，是大西洋中的峽地，曲曲彎彎從南往北延伸呈月牙狀，像一條蜷曲著身子從陸地跳入海中的鱈魚。

我們乘坐的是有數十年領航觀鯨經驗的遊輪，駛出海灣進入浩瀚的大西洋後乘風破浪，帶著鹹味的海風迎面撲來冷颼颼的，浸透秋意的海水濺在面頰上涼津津的。個把小時後突然聽到廣播，說遊輪右前方出現鯨魚。人們紛紛湧到右舷，手持相機、手機、錄像機，舉目密切注視前方。

果然，前面的海水湧動，波浪凸起處猛然豎起一面白色帆檣，那是鯨魚的前鰭。還沒等我們看分明，就忽地翻入水中，白浪滔天。導遊解釋道，這是鯨魚在翻滾。他說鯨魚的種類繁多，鱈魚灣主要有長鬚鯨和駝背鯨。我們再尋蹤跡，只見水面上長長的黑色魚背在往前浮遊，有遊輪直徑的二分之一那麼長，不注意還以為是冒出水面的礁石呢。那麼鯨魚整個身子到底有多長？古人云「鯨……大者長千里，小者數十丈」，似乎過甚其辭。現代海洋生物考察資料顯示，最大的鯨魚體長三十多米左右，最小的超過五米。

又有一頭鯨正面向船尾沖來，朋友的智慧手機錄下了牠的尊容。定格仔細端詳，才發現鯨魚全身呈梭形；頭很大，看不出頸子，似乎頭與軀幹直接連在一起；左右皆有前鰭，彷彿雙槳；尾鰭上下擺動使身體前進，不像魚左右擺動；嘴巴不時張開，好像口腔內有許多巨大的鬚鬚不斷在飄動，心想這大概是一頭長鬚鯨。

眼看另一艘白色遊輪冉冉靠近鯨魚群，我不免擔心海上霸主會否掀翻它？沒想到海面上突然升起一股股白色霧柱，像煙火直插藍天，高達十餘米，似乎在歡迎遊輪光臨。水柱自然是從鯨魚的鼻子裡噴出來的，這說明牠們正在呼氣。很奇怪，鯨魚的鼻子是長在頭頂上的，但卻跟人一樣用肺呼吸。

猛不防兩頭鯨魚雙雙騰空躍起三、四米，像在水族館看到的表演，剎那間又頭朝下、尾在上栽進水中，尾鰭高高翹在水面上，兩片尾葉很大，呈V字形，似乎在向人秀他們表演的勝利。不遠也有一對鯨侶不服氣，也馬上露那麼一手，在空中畫下了兩座拱橋。真奇了怪了，怎麼鯨魚也像小孩一樣人來瘋？原來這是在向我們秀溫情，無怪乎有人說鯨魚極具親人的潛質，我們只聽說過鯊魚吃人，可從來沒聽說過鯨魚吃人。

秋季觀鯨人氣旺，單我們一班遊客就擠滿三艘遊輪。這一趟近距離觀鯨，大大增添了我對鯨魚的見識，真是不虛此行。

2014年1月26日

大海和灰燼中的鑽石

很多人都到過夏威夷，她對你是熱情奔放的少女，抑或怒氣沖天的怨婦，抑或撒落在大海、灰燼中的鑽石？

當年歐洲航海家庫克船長在太平洋上航行，途經這些由火山灰燼堆積起來的群島，突然發現有一個山頭，奇異地閃發出綠色的光芒，即使在萬頃碧波中這綠光也那麼明亮，使他聯想起英女王王冠上的大鑽石。他奮力爬到山頂一看，面對綠色的礦石失望地不屑道：哼！什麼鑽石？從此這山頭便被命名為鑽石火山。夏威夷不產鑽石，但她本身就是一串太平洋中的鑽石。在「愛之船」上那個全船人瘋狂熱舞的夜晚，我攝下身後檀香山的夜景：環島一周的燦爛燈光，那一串鑽石項鏈也就永遠縈繞在我的心頭。

熱情‧亮麗

夏威夷是由大海和火山造就的，到處可見的兩幅標誌畫就是她的象徵：一是頭戴蘭花的美麗少女，一是帶著憤怒、嫉妒的怨婦即火山女神，由愛生恨，燃燒、爆發，然後撒落在柔情的大海懷抱。因此夏威夷的景觀有著極端的兩面，就連她的沙灘都是兩極的，有白、金色，也有綠、黑色，黑是火山灰燼，綠是橄欖石火山爆

炸後的結晶。

　　歐胡島和茂宜島大部地區是這景觀的代表。首府呼努魯魯（又稱檀香山）威基基海灘邊，酒店林立，遊客被迎至這兒下榻，就情不自禁丟下行李，穿上拖鞋奔去海邊。一插足沙窩，暖流從腳底直湧心頭，躺在躺椅上，半遮半曬地眺望遠處的雲、海、船。海天一色其實不能用來形容這兒的海洋，像地中海、巴勒比海、大西洋、太平洋因環境、深度有別，各有個性，也各有自己的藍法。比如這兒天是湛藍的，海洋遠處已幾近黑色，然後是深藍，藍，綠，接近海灘的浪則呈白色。海灘邊五彩傘花簇擁著海浪，像這兒姑娘頸項上的花環。而鄰近另一個白色沙灘的沙粒卻更細膩、柔軟，感覺像站在白砂糖堆裡。到了沖浪口，水深浪激，是沖浪客最愛之處，也是夏威夷特有的景色。

　　豪宅大都建在海邊，意味這兒很少颱風、海嘯。空氣清新極了，似乎還帶著些許甜味，路邊樹葉的正反面都未沾纖塵。一般民宅向山坡發展，陽光空氣充足，視野廣闊美麗。導遊曾帶我們去一處叫Pineapple的度假豪宅，一條筆直但並不寬的公路直通上去，兩邊都是高聳的松樹，顯然是特殊栽培的，沒有雜枝交錯，都一樣寬，窄窄高高的，似一排高挑的少女。路一旁是高爾夫球場。鐵門把守著有蝴蝶標記的豪宅，山下據說就是全美國最美的天然沙灘，在陽光下袒露胸膛。

　　茂宜島的熱帶植物園、火山島的蘭花園，又是叫你

終身難忘的景點。一跨進植物園，就好像闖入一個神幻世界，長著一根根平穩「腳底板」的「行走樹」拔地而起；豔黃色、沒有花心的「好男人」特別吸引姑娘的眼光；「青玉藤」爬滿的拱門，綠色小小花朵活像用翠玉做成的裝飾品，一對對情人及新郎新娘牽著手，排著隊通過這道拱門，到白色婚慶亭前拍照留念。旁邊溪水蜿蜒，鴛鴦細語。溪水對岸又是迷你椰子、棕櫚、檳榔以及種種道不出名的熱帶植物。我們根本來不及往深處走，僅入口處那一帶就夠遊客搶著拍照和流連的。

在火山島灰燼積存處，常常可以看到一枝枝纖柔、飄逸、淡紫色的蘭花。在家裡百般呵護都難養活的蘭花，在這兒怎麼就像野花似地開放？是因為此地氣候、土壤最適合蘭花生長，所以這兒的蘭花園是全美最美、品種也最多的。走進玻璃房展覽廳，誰都會醉倒、迷暈，只能不停地拍攝，企圖留下這一刻美好印象。免費的一盤蘭花，紫、白相間，旁邊還備有髮卡，遊客戴上它也能「冒充」一回美麗熱情的夏威夷女郎。

最讓人詫異的是快走完火山島灰暗的旅程時，突然來到讓人眼睛一亮的彩虹瀑布。這兒既有小橋流水，也有高大、層次分明的熱帶樹木和輕柔的藤蔓，挺拔的合歡樹大傘遮蔭，一叢叢火一般的非洲鬱金香，加上遠處的瀑布，籠罩在輕紗珠簾中，還有彩虹常掛一角，沒見過一處景色比這裡更像油畫的。上帝通過祂盟約的記號——彩虹，告訴人們：祂毀滅，祂也創造。

驚秌・陰鬱

　　火山島國家公園是夏威夷景觀的又一代表。感謝老天，我們去的時候正下著雨，有時還颳來一陣陣風，雨絲便更細密，似怨婦在憤怒爆發前的輕聲抽泣、呻吟。遠處觀看冒烏納羅亞（Maunaloa)活火山口，煙霧繚繞，褐紅色的熔岩漿在雨中，色似乎淡了些，但仍像煮開了的一鍋紅豆沙，隨時都會撲出來。

　　火山博物館用電腦、電視向觀眾解釋、演繹火山形成爆發的原因及歷史。對我說來最感興趣的卻是那張火山女神的標題畫。一般來說男人的強壯、蠻悍超過女人，那為什麼不將爆發的火山畫成火紅的戰神，卻畫成一名長髮飛舞，眼中冒出嫉妒火花的怨婦？仔細一想真有道理，當純真、美麗、熱情的夏威夷少女，浪漫真摯的愛情被撕裂、背叛時，那因憤怒而燃起的烈焰會沖天，從破碎的心中流出的血——熔漿能毀滅萬物，那不就是眼前的火山女神嗎？

　　給我印象最深的展覽品，是一張褪了色的結婚典禮的照片，從說明詞來看那是很多年前，有一家人別出心裁，跑到活火山口來舉行結婚典禮，結果遇上火山爆發來不及躲避，婚禮變葬禮。說來他們也夠蠢的，怎麼能在失愛的怨婦前來顯擺婚姻的幸福？不惹來殺身之禍才怪呢！

　　轉到岩漿衝擊而成的地下隧道，山洞並不特別，但這裡常年陰雨綿綿，地下水到處滲滴。道上有些地方古

木參天，有些地方一片殘根枯枝，為任性的女神隨意抽過留下的鞭傷。苔蘚類植物爬滿地，還有很少見到的氣根樹，只有長這麼多粗大的根鬚，才能為怨婦出盡怨氣。我試著將腳伸到鋪好的石子路以外去，哇，不得了，就像地下有吸力，鬆軟的黑土往下陷，黑色的漿水馬上沾污了我的鞋，再也不敢以腳試怒氣，拔腳就逃。

在大風口山腳下，在濃霧中矗立著陰陽具兩個山頭，原住民對它們有著神秘的敬畏。到達山頂大風口，由於這裡峽谷對峙，陰風夾帶著千軍萬馬之力橫掃過來。火山怨婦的長噓短嘆，常把人們漂亮的帽子、圍巾，趁人不備一捲而去。夏威夷國王曾在這裡打過勝仗，但十分慘烈。

在這兒大人都站不穩，五歲的小孫子漢威連聲叫下山，便趕緊離開這陰氣十足的地方。一九四一年十二月日本人曾駕機繞過大風口，乘陰風才數到七就到了珍珠港，偷襲成功。在參觀珍珠港時，我們目睹了歷史上的這場慘劇。

最悠閒、輕鬆的州

夏威夷的原住民是波里尼西亞人。據導遊介紹他們打招呼的話是ALOHA，既問候也帶有別著忙的意思。這也是他們人生最要緊的規條：悠著點，別著忙！多會享受人生的族群！他們保持著自己的生活習俗，居住在保留村落，遊客專門來觀賞其傳統歌舞表演，不論男女老

幼，每個細胞都充滿了歌舞節奏。

夏威夷當地盛產咖啡、椰子、甘蔗、火山豆、香蕉、木瓜、麵包果、芋頭、蘿荔等，除了火山豆從澳洲移入，需精心栽培，其他可以說都是入土就長，後幾種還是人們的主食。因此在這裡生活，餵飽肚子太容易了。其他生活品卻需要從美國本土進口，像美國人認為的必需品牛奶、汽油就很貴。這裡的居民有船就像美國本土的人有車一樣，船就是交通工具之一。到了周末一家人駕車到海邊，車後掛著一條船，或是去船塢取存放的船，出海玩海歡樂度過一兩天。

我們眼見一對老情人坐在合歡樹下（有人說這是鳳凰樹），擁抱著接吻，足足十幾分鐘不動，情意綿綿。又見海灘邊、海堤上，手拿書本或看書或眺海，悠閒享受的大有人在。在酒店海灘的大致是遊客，那些在傘花下自帶餐飲的，大約多數是本地人家，曬一曬，游一游，消磨一整天。黑色沙灘邊三隻大海龜，趴在石頭上曬太陽，也許高壽已逾越期頤，半閉著眼觀看人間爭鬧。金色海灘邊兩隻企鵝，一前一後，搖搖擺擺，悠哉悠哉，人生旅程有時也真需要別著忙的狀態。

下次來夏威夷一定悠著點，觀日出、雲波，駕船、潛水、觀海，不像這次只在水下匆忙觀光一下。再見夏威夷，一定再見！

2014年2月23日

滄海無言珠有淚

臨近元旦的一天上午，我與老伴隨旅遊團來到夏威夷珍珠港海岸邊。涼風習習，海水藍藍，極目眺望，見三個呈鳥足狀的海灣深入陸地，只有那鳥腿狀的港口通向廣闊的海洋。據導遊說，這兒的海水盛產珍珠，曾生存、繁殖無數珍珠蚌，當地土著人喜歡在這裡潛水、捕魚，視為神聖的樂園。這大概就是此港名字的由來。然而其聲名遠播、人人皆知，又與珍珠港事件緊密相連。

我們先參觀了歷史展覽館，可謂圖文並茂，工作人員還發了耳機給我們，走到哪組照片面前，只要按下該圖編組數字，即可清晰地聽到中文解說。從一九四一年十二月七日開始大批日機轟炸珍珠港，美國四十餘艘軍艦被炸沉炸傷，二百六十五架飛機被擊毀或擊傷，四千餘名官兵傷亡，激起美國民眾憤慨，羅斯福總統宣佈參加反法西斯同盟，直至日寇簽訂投降書，真是觸目驚心。最後還觀看了珍珠港事件紀錄片，讓我深深感到已過去的歷史事件，如今重又活生生地展示在面前。

邁著沉重的步履走出展覽館，再踏上停留港口一艘已退役攻擊型潛艇，艇首標有「U.S.S.BOWFIN(SS287)」。我們艱難地爬進艙內，穿過樓下樓上逼仄的過道，兩旁是機艙、臥室、廚房、餐室、工作室、武庫等等，雖設備齊全，卻真是「螺螄殼裡做道場」。臥鋪短小、狹窄，不可能全身躺平，可見當年將士們操作之艱難。然而正是他們

自一九四二年隨著這首潛艇下水，神出鬼沒地一再與日寇作戰，先後擊沉日艦和商船四十餘艘，為美國人民報了血海深仇，因而此艇被譽為「珍珠港復仇者」。

與這首潛艇遙遙相對的，有一貼近水面長長的白色建築物，是當年被日寇擊毀的U.S.S.ARIZONA（亞利桑那）戰艦紀念館。戰艦殘骸以及千餘名將士的殘肢斷臂，都早已沉沒在紀念館下面的海底。該館特意將水面上的白色建築物與水下的戰艦殘骸呈十字形交叉，寄意為國捐軀的將士們永遠安息主懷；紀念館上空飄揚的美國國旗，旗桿則與水下殘留的戰艦主炮臺直接相連。我胸口堵得慌，都不敢更不忍往水下窺視。

回到港區海邊早已過了晌午，卻沒胃口吃午飯。海面上風平浪靜，遊人如織，特別多的是日本人，不知他們有何觀感？我倒真感佩美國人的寬恕心懷。路邊陳列著好多隻二戰期間使用的巡航魚雷、反潛魚雷等武器，似乎與眼前的和平景象不大協調。翹首遠望，一艘艘巨型軍艦嚴陣以待，不愧為美軍太平洋艦隊總部所在地。然而今日再怎樣威武，也掩蓋不了往日的恥辱。

珍珠港啊珍珠港，滄海無言珠有淚，願人類能永遠記住這慘痛的歷史教訓。

2014年3月16日

阿卡迪亞翡翠項鍊探秘

一直聽說緬因州是美國東部富人避暑勝地，有錢的「候鳥」到了暑天會飛到這兒精緻的「窩」裡。他們為什麼選中這裡？懷著探秘的好奇心，隨團到緬因州阿卡迪亞國家公園。

導遊介紹四百多年前探險家卡迪拉克，偶然在海拔一千六百多公尺的山頂，發現了這個仙境，鳥瞰一連串大小不等的島嶼，像老鷹展翅正準備著向穹蒼衝去，他便賞名老鷹湖；還據此印象畫了一幅油畫，證明自己曾身臨仙苑，人們便以他的名字命名最高峰為Cadilac。

大巴一直駛到幾近山頂，下車後一步步走向那些貼近或挨近崖邊的巨石，實在有些膽顫心驚，是怎樣神奇的力量，將這些大卵石安置在山頂？舉步在這沙灘似的細砂石上，才恍悟到這裡原來該是沙灘，甚至海底，一次天翻地覆的地震或海嘯，以無與倫比的衝擊力把砂石送上了天，又撒下堆積成這山峰。

我不敢站在崖邊，只能接近崖邊往下俯瞰，頓時驚懼換來了驚嘆：造物主在創造巍峨粗獷的卡迪拉克時，故意留下這串項鍊，顆粒大小形狀不等的島嶼，是青翠欲滴的翡翠，皚皚白浪是它周圍的白銀鑲邊，這就是北方漢子卡迪拉克送給溫柔的海灣姑娘的定情物，如今它還輕輕躺在她的胸懷裡。從安東尼雲石峰往下探視，據說東邊大海接著大西洋，但還真看不出究竟是雲還是

海，也許從山頂看雲海就是這種感覺。遠處是一匹萬里閃金的織錦與天相接，近處是柔軟飄浮、連綿不斷的花絮。故走天下賞美景的探險家會將此景永刻心懷，洛克菲勒家族會斥資開發這個景區，讓更多人來欣賞。

　　下到山麓是屬於阿卡迪亞公園的Bar Harbor（酒吧港），下午乘遊艇前可以在這裡尋趣兩個多小時。沿海Main Street翻修過的建築物，色彩典雅不俗，蕩漾著懷舊的歐洲風味。但來不及細賞，只想找一家餐館大啖龍蝦。緬州是美東北部各州龍蝦的供應地，海上一個個橘色浮標之下就是抓龍蝦的籠子。所有餐館都有二十五元一客的龍蝦套餐，再節省的遊客到此也成了老饕。飯後還找到了一家冰淇淋店，其龍蝦冰淇淋名馳遐邇，有真龍蝦肉在內。龍蝦是鹹的，冰淇淋是甜的，鹹鹹甜甜倒也別有風味。港口差不多的店都有龍蝦的店飾或銷售有龍蝦標誌的貨物，題名為龍蝦港也許更確切。

　　登上遊艇觀光，原以為所見應與以前泛舟海灣大同小異，其實不然。所經之地只有一處金色海灘，其他都是象牙岩石環繞著一個個島嶼。有的岩石參差不齊，嶙峋尖利，像一排排野豬的牙齒；有的鱗次櫛比，聽從了風浪的號令，刺刀向同一方向砍去；有的更像一大片採石場，神工鬼斧開鑿出來的矩形巨石，橫七豎八地躺著等待去建造神殿……叫人詫異的是從山頂看來如此柔和的海灣，卻有使狂傲的驚濤駭浪順命的力量，雕琢各島成五花八門。美國的富豪也真會享福，在這些島嶼僻靜

角落建築豪宅。有一處「美巢」叫人特別難忘，整幢堡壘是圓柱、三角、長方、橢圓等幾何圖形拼建的，它站在刀切般的海灣邊，似乎想向大自然炫耀人的智慧。

突然人們都向右舷奔去，前方似乎出現了又一個堆滿了石塊的島嶼。不對不對，石塊怎會自己動起來，還會自行傾倒水中。擦眼再三，隨著遊艇愈來愈駛近這怪島，才發現「石塊」不是矩形，而是長橢圓形的，還長了眼睛和很短的鰭，原來牠們就是會表演的海獅。有的用整個身體在滑動，有的一動不動地在曬太陽，對遊艇牠們毫無好奇和驚懼，原來有海鷗做警衛，滿海島地站在高處站崗，有什麼可大驚小怪？人們都說這兒是海獅的故鄉，就是不明白距離不遠的海域連一頭海獅都找不到，唯獨這個島竟有成千頭，你擠我擁的，究竟這裡自然條件有什麼特別令牠們寵愛的？算了，上帝創造大自然的秘密無法探索。

還有，這兒的老鷹洞、雷聲洞，為什麼老鷹都愛棲在這懸崖上，不選別的峭壁？浪為什麼在這洞口發出雷一般的迴響，在別的洞前卻悄然溜過？十萬個為什麼!別聽導遊唾沫橫飛，其實誰也無法探透，只要享受這美景就是了，一次不夠，下次再來。

2014年8月10日

後記

　　我倆攜手共度人生已經半個多世紀，不單是夫妻，而且還是文字伴侶，已出版的書和發表的文章，許多都是合寫的，即使以個人名義發表的文字，也大都經過另一雙手潤色過。以前各自出版過散文集，現在還想出一本兩人的散文合集，承蒙台灣博客思（蘭臺）出版社鼎力相助，終於順遂心願。

　　恩愛生活容易忽略人生的短促，而今生命的唱片即將轉到盡頭，我倆的生活早已由夢想轉為回憶，然而記憶永遠青綠、活躍，其主旋律似乎可分為這樣幾個樂章：兒時的懵懂，青壯年的失落和老來的感悟，親情的愛撫，師友的栽培，異鄉風土人情的感染，旅途中鍵抒胸臆的樂趣。

　　現在編的這個集子，是從我倆定居美國二十五年期間，所寫的文章中遴選出來的，不包括以前在大陸寫的篇什。最早的篇目發表於一九八二年十二月，最遲的直至當下，時間跨度很大，除六、七篇外，都分別在世界日報、世界周刊、華僑日報、漢新月刊等報刊發表過，許多都用筆名，這兒不再一一註明。各篇排列均按內容分類，不以寫作、發表時間先後為序，有些篇章結集時曾略作刪削或修改。

　　儘管我倆一輩子都樂於合作，然而文字風格畢竟不盡相同，更甭談家庭出身、社會背景之相異，因此收在

這本集子中的文章，無需一一署名，有心的讀者入目即可了然。

　　深感榮幸的是，詩人、好友王渝為拙作寫序。仁念一九八二年初次來美時即有幸與她相識，她為這個人地生疏的訪問學者，提供了親切的文字耕耘園地，後來我們在美定居後亦有往來，她一直關心我們的寫作，在此深表謝忱。

　　　　　　　　　　　　龔濟民　方仁念

　　　　　　　　2014年11月12日於美國新州寓所

國家圖書館出版品預行編目資料

雙鍵和鳴／龔濟民 方仁念著

--初版-- 臺北市：博客思；2015.2 面；公分--（現代文學20）

ISBN：978-986-5789-52-7

855   104000987

現代文學 20

雙鍵和鳴

作　　者：龔濟民 方仁念
執行編輯：張加君
美　　編：謝杰融
封面設計：謝杰融
出 版 者：博客思出版事業網
發　　行：博客思出版事業網
地　　址：台北市中正區重慶南路1段121號8樓之14
電　　話：(02)2331-1675或(02)2331-1691
傳　　真：(02)2382-6225
E—MAIL：books5w@yahoo.com.tw或books5w@gmail.com
網路書店：http://www.bookstv.com.tw 、華文網路書店、三民書局
　　　　　http://store.pchome.com.tw/yesbooks/
　　　　　博客來網路書店 http://www.books.com.tw
總 經 銷：成信文化事業股份有限公司
劃撥戶名：蘭臺出版社 帳號：18995335
香港代理：香港聯合零售有限公司
地　　址：香港新界大蒲汀麗路36號中華商務印刷大樓
　　　　　C&C Building, 36,Ting, Lai, Road, Tai,Po, New,Territories
電　　話：(852)2150-2100　傳真：(852)2356-0735
總 經 銷：廈門外圖集團有限公司
地　　址：廈門市湖裡區悅華路8號4樓
電　　話：86-592-2230177　傳真：86-592-5365089
出版日期：2015年2月 初版
定　　價：新臺幣280元整（平裝）
ISBN：978-986-5789-52-7